Über dieses Buch Feuilletons über die schönen Tage von Salzburg anläßlich der Festspiele vor Einbruch der Barbarei, 1937, den Bericht über ihre glückliche Reise nach Amerika, bei der sie vielen Freunden begegnete und neue gewann, 1939, die Ansprache nach der Verleihung des Goethepreises, 1955 in Franfurt am Main, das Bekenntnis zu Wolfgang Amadeus Mozart bei Gelegenheit der Feier seines zweihundertsten Geburtstags, 1956 in Zürich, das politische Votum für Konrad Adenauer nach seiner dritten Wiederwahl, 1956 – all dies hat Annette Kolb unter dem Stichwort ›Zeitbilder‹ versammelt. So wie sie sie erfahren, wie sie sie geschildert hat, ist diese Welt ganz zu ihrer Welt geworden – Länder, Landschaften, Städte, Gestalten, Kreatur. Man hat ihre Subjektivität gerühmt, weil sie das Wahre trifft, ihre souveräne Freiheit, weil ihr strenges Verantwortungsbewußtsein zugrunde liegt. Die ›Zeitbilder‹ dokumentieren es ebenso wie die Anmut und der Ernst ihres Schreibens.

Die Autorin Annette Kolb wurde am 2. 2. 1870 als Tochter eines bedeutenden Gartenarchitekten und einer französischen Pianistin in München geboren. Seit 1923 in Badenweiler ansässig, emigrierte die Vielgereiste 1933 nach Paris; 1941 floh sie nach New York. Ihre letzten Jahre verbrachte sie in München. Dort starb sie am 3. 12. 1967. Sie war u. a. Trägerin des Fontane-, des Gerhart Hauptmann-, des Goethe-Preises, der Insignien der Ehrenlegion und Mitglied des Ordens Pour le Mérite. In ihrem literarischen Debüt, den ›Kurzen Aufsätzen‹ (1899) und den Sieben Studien (in deutscher Sprache) ›L'Ame aux deux patries‹ (1906) folgten, neben Biographien über Mozart, Schubert, Briand, König Ludwig II. von Bayern und Richard Wagner, vor allem die Romane ›Das Exemplar‹ (1913), ›Daphne Herbst‹ (1928) und ›Die Schaukel‹ (1934).
Als Fischer Taschenbücher sind erschienen ›Das Exemplar‹ (Bd. 2298), ›Daphne Herbst‹ (Bd. 2299), ›Die Schaukel‹ (Bd. 5704), ›Wera Njedin.‹ Erzählungen und Skizzen (Bd. 5734), ›König Ludwig II. von Bayern und Richard Wagner‹ (Bd. 2527), ›Mozart‹ (Bd. 5735), ›Franz Schubert.‹ Sein Leben (Bd. 5736).

ANNETTE KOLB

1907 – 1964

Zeitbilder

FISCHER TASCHENBUCH VERLAG

Fischer Taschenbuch 5360
März 1984
Fischer Taschenbuch Verlag GmbH, Frankfurt am Main
Lizenzausgabe mit freundlicher Genehmigung
der S. Fischer Verlag GmbH, Frankfurt am Main

Umschlagentwurf: Max Bartholl
Druck und Bindung: Clausen & Bosse, Leck
Printed in Germany
980-ISBN-3-596-25360-8

1907

Das Jahrhundert war noch sehr jung. München stand im Zenit seines Glücks, und diesmal hielt es an, dieses Glück. Zwar hatte sein Musikleben nach dem Hingang Hermann Levis einen Tiefstand erfahren. Nur seine Militärmusik war noch die schönste der Welt geblieben und riß den Zuhörer hin.
Mit der Berufung Mottls aus Karlsruhe aber, des Lieblingsschülers Richard Wagners, ging ein neuer Stern über München auf. Mottl war es nun, der die großen Opern und die Konzerte im Odeon und die Festspiele im neuen Prinzregenten-Theater dirigierte, ach, wirkliche Festspiele sind das gewesen, sie stellten Bayreuth in den Schatten. Und wurde da nicht unlängst der Wittelsbacher Brunnen enthüllt? Zu Ehren der musischen Dynastie so genannt, hebt er sich im Herzen der Stadt, dabei am Rande einer Anlage wie von einer Landschaft ab, die er einbezieht in seinen Umkreis, seinen Bann.
Besonders im Sommer war München am meisten besucht von allen Städten Mitteleuropas: seine eleganten, geschmackvollen, fremdenfreundlichen Hotels übertrafen einander. Nur die Münchner selbst waren jetzt weniger unterwegs, sie hatten es ja schön daheim, und sie verpaßten so viel, wenn sie sich entfernten. Und wohl gab es in der musikalischen Unterwelt erbitterte Feinde Mottls, aber gerade seine Gegenwart und sein Wirken hatten sie verscheucht. Es war ja gelacht.
Da urplötzlich, hart vor der Karwoche, erhoben sich Klagen in einem Blatt gegen ihn, wurden so gröbliche Verleumdungen laut, daß man starrte, die Proteste der Zei-

tungen würden ja gleich einsetzen. Aber noch erstaunlicher, ja unglaublich: ein Tag um den anderen verging, sie äußerten sich nicht. Ich schrieb einen Artikel für die Münchner Neuesten Nachrichten, der mir umgehend zurückgeschickt wurde mit dem Vermerk: »Es sei vielleicht doch etwas faul im Staate Dänemark.« Ich kannte niemanden in dem Betrieb, außer flüchtig Knorr, einen der Besitzer, der auf Urlaub in St. Moritz war. Ihm telegraphierte ich den Sachverhalt, er reagierte auf der Stelle, kam nach München, verlangte meinen Beitrag, hielt sich nicht lange darüber auf, eilte in die Redaktion, schlug einen Krach, einer der Herren flog, und mein Artikel erschien tags darauf an erster Stelle. Knorr hatte das üble Spiel der Umsturzkandidaten schnell durchschaut: er setzte sein Machtwort durch. Im Hoftheater hatte indessen eine Ovation stattgefunden, und Mottl blieb München erhalten. Es war der letzte Moment, denn Paris und Wien – zwei Städte, die er am meisten liebte – hatten ihre Hände nach ihm ausgestreckt. Wie wäre das vielbeneidete München dagestanden, wenn er es verlassen hätte.

Die Münchner atmeten auf. Aber bange Ostern lagen hinter ihnen.

Möge hier mein unter Hochdruck verfaßter Artikel stehen, wie er war. Auch ich bin damals jung gewesen.

Münchner Neueste Nachrichten
Was Felix Mottl tun sollte.

Salzburg, 2. April 1907

Liebes München!

Es ist nahe an Mitternacht. Heute in aller Früh fuhr ich von dir fort. Warum drängt es mich, dir schon zu schreiben? Wenn ich lange bei dir bin, kann mich leicht eine Ungeduld ergreifen; kaum aber daß ich dich verlasse, tritt wieder schönste Harmonie an Stelle der Gereiztheit; ja, um die Wehmut der Trennung von dir zu überwinden und deine Reize zu vergessen, muß ich mir gleich alle deine Fehler ins Gedächtnis rufen, so wie ich sie die ganze letzte Zeit, mächtig wie Balken in deinem Auge, sah.

»Wer bist du denn?« höre ich dich rufen. »In des drei Teufels Namen!«

Aber zugleich höre ich dich im Geiste rauschen, und sehe dich fließen, geliebte Isar, schönste Galatea!

3. April

So weit war ich in meinem Briefe an dich gekommen, als ich vor Müdigkeit in meinen Stuhl zurückfiel.

»Weil du mich Galatea riefest, und ich den Namen liebe, so will ich dich vernehmen«, erscholl da eine Stimme. Quellenhauch umwehte mich, safrangelbe Wolken zogen am Himmel auf und rasche Wellen flossen dahin. Dem Blau des Flusses aber entleuchteten, unwiederbringlich, mehr noch als vergangen, seltsam verwobene Mythen.

»Was ist es?«, sagte Galatea, »das dir an München nicht gefällt?«

Ich antwortete sehr erregt und in einem Zuge: »Ich sehe München wie eine Riesenmedaille mit zwei Gesichtern, beide ebenso charakteristisch wie voneinander verschieden. Dies gilt vielleicht für alle Städte. Allein in keiner geraten die Kontraste so hart aneinander durch gewisse anti-individualistische Züge einer Stadt, die sonst der berufenste Boden für starke Individualitäten wäre. Denn stets, o Galatea, sehe ich die zwei Schilde mit ihren allzu verschiedenen Devisen im Widerstreit. So konnte München zur Wagner-Stadt werden, und zugleich zur Stadt, die Wagner mit Knüppeln, sozusagen, daraus vertrieb. Denn zur Wahrung *innerer* Distanzen sind keine Wächter bei uns angestellt. Oder sie schlafen! – Hier kommt es schon vor, o Galatea, daß auf starke Persönlichkeiten wie auf Hirsche gehetzt werden darf! Und wenn gar bei uns der Mob einmal entfesselt ist und mit Maßkrügen in Halkyonien dreinschlägt, dann stehen die Gebildeten vor einem solchen Ansturm fürs erste wie betäubt und ratlos.«

»O Galatea«, rief ich, tiefer noch in meinen Traum versinkend, »ich bin so erbittert! Für wie viele Fragen hienieden harren wir umsonst der wahren Lösung! Die Antworten, die uns die Leute geben, sind nur Steine, an die wir uns stoßen! Es gibt doch so viele Kenner und Experten und Fexe auf allen Gebieten. Ich aber bin ein *Menschenfex*, o Galatea! Schon von Kind auf ließ ich mich in solchen Dingen von niemandem belehren. Und wenn es Menschen galt, die schon gestorben waren oder die ich niemals sehen sollte, was galten mir die Zeugnisse derer, die sie kannten, wenn sie sich nicht mit meinem Bilde deckten? Blätter, vom lebendigen Stamme gerissen und in ihren Händen verdorrt. Doch der Satz jenes Denkers: Vom höchsten Tiere zum niedrigsten Menschen sei die Kluft geringer als vom niedrigsten zum höchsten Menschen, floß wie Wasser auf die Mühle meiner Theorien, und als ich in Wagners Schriften den Satz fand: man dürfe den Künstler *nicht* vom Menschen trennen, war ich außer mir vor Freude!

Ach, damals wußte ich ja noch nicht, wieviel Verwirrungen entstehen durch die vielen, die unter dem Namen ›Künstler‹ in den äußeren Vorhöfen des Tempels sich herumtreiben, selbst nicht ahnend, daß sie das Innere nie erschauten, noch wie feudal es zugeht auf geistigen Domänen. Aber dies Reich ist nun einmal unsichtbar, und seine Würdenträger tun sich deshalb immer schwer. Wenn Wagner sich beklagte, daß vom genialen Wesen die anderen gerade nur so viel erfaßten, als sie mit ihm gemein hätten – und das wäre ja das allerwenigste –, so läßt sich andererseits die außerordentliche Beliebtheit des Themas ›Schwächen großer Menschen‹ am besten hieraus erklären. Es wundert mich immer, o Galatea, was aus diesen Schwächen nicht alles gemacht wird, bis sie zu einer Bresche sich erweitern, in die sich zu Hunderten das gemeine Volk bequem eindrängt. Nicht entfernt mit der gleichen Strenge werden die Fehler gewöhnlicher Menschen geahndet, die nicht die geringste Entschuldigung, nicht den Schimmer eines ähnlichen Wertes noch ähnlicher Fähigkeiten haben und nicht den geringsten Dank von uns verdienen. Arme Schwächen großer Menschen! Wie edel und lauter ist der Quell, dem sie zumeist entfließen, und welchen Trübungen ist er nicht ausgesetzt! Denn wie verzerrt und wie entwürdigt spiegeln sich jene Schwächen in niedrig gearteten Naturen wider! – Von solchen Dingen, o Galatea, erhält das Leben oft einen so bitteren Geschmack! Und doch ist es bei uns noch am schönsten! Erst gestern abend schwebte wieder das Bild des anderen, emporstrebenden München so unvermutet vor aller Augen. Der Mann, gegen den die niedrigste Kabale gerichtet ist, die seit Wagners Tagen unserer Stadt zur Beschämung gereicht, war vor der Aufführung des ›Tristan‹ an seinem Pulte erschienen, als alle sich im Augenblick ergriffen

fühlten von der hohen Würde eines Menschen, – dem sich die Geheimnisse höchster Kunst erschließen. Und die Huldigung erscholl, ernst und ehrfürchtig, fast wie in einer Kirche. Nichts von unseren oft so gedankenlosen, zum ärgerlichen Gejohle ausartenden Applausen, vielmehr schien die Sammlung, die große Stille einer Erkenntnis über dies feierliche Lärmen ausgebreitet!
Doch was nützen solche Momente! Um Raum für eine Herrschaft der Kleinen, der Mittelmäßigen, der Bequemen zu schaffen, spricht man geflissentlich und immer wieder mit scheinheiligem Bedauern vom Niedergang unserer Oper; und beleidigt, kränkt, verleumdet einen Felix Mottl, den einzigen Mann in der ganzen Welt, der hier helfen konnte, und der schon half. Wer eine Empfindung dafür hat, wie verletzend Ungerechtigkeit und Undank sind, der kann es nur begreiflich finden, daß Mottl sich ernstlich mit dem Gedanken befaßt, zu gehen.«
Der Himmel war jetzt erloschen, und in der Kühle, die sie umfing, erstarkte das süße Getöne der Wellen.
»So stehen die Dinge«, schloß ich, »und die Gutgesinnten sind in Besorgnis, daß er der anderen halber München verläßt.«
»Ihr seid alle nicht gescheit«, sagte Galatea. In ihren gesenkten Blicken gewahrte ich da ein eigentümlich rätselhaftes Leuchten, ein Quillen, wie von aufbrechenden Rosen.
»Mottl ist auch nicht gescheit«, sagte sie.
»Soll ich ihm sonst noch etwas ausrichten?«
»Die ganze Torheit soll er vergessen«, sagte Galatea, »und jenen Toren verzeihen.«

Felix Mottl blieb bis zu seinem Tode in München.

FESTSPIELTAGE IN SALZBURG UND ABSCHIED VON ÖSTERREICH

Ihr Ruhm ist stärker in Geschöpfen als in Worten.
Wenn auf unserm Dasein ein besonderes Licht liegt,
das die Deutschen fühlen,
wenn sie aus ihrer Welt in die unsere herübertreten,
so ist sie schuld daran in geheimerer Weise
als die Feder des Geschichtsschreibers ausführen kann.

Hofmannsthal
über Maria Theresia

Zwar hatte er nicht, wie er wünschte und für nötig hielt…,
Bayern mit Österreich vereinigen können.

Ricarda Huch
über den Prinzen Eugen

SALZBURG 1934

Am 28. Juli hatten die Festspiele begonnen, doch der Himmel regnete über sie hin; der halbe August war unter den ungünstigsten Aspekten schon vergangen; die Engländer fehlten fast ganz. Von seiten einer Gesandtschaft war eine offizielle Warnung an sie ergangen; gewisse Bombenwürfe in Stadt und Land schreckten viele Besucher zurück. Im Pariser Zug saßen nur wenig Reisende. Tiefe Wolken über Landeck. Unkenntlich lag das wunderschöne Innsbruck zu Füßen seiner unsichtbar gewordenen Berge; keine Lichter drangen durch den Nebel von den Häusern in der Höhe, alle Romantik war ertrunken und erloschen; nichts zu spüren vom Reiz des mittelalterlichen Schwaz, wirsch blickte Wörgl aus dem Grau des Tages; er besagte nichts, der glanzlos verebbende Zeller See und seine triefenden Bäume dem Ufer entlang. Gelangweilt rauschte der Zug von Tal zu Tal. Aber Werfen, die Burg des Erzherzogs Eugen, ragte inmitten eines plötzlich entschleierten Gebirges, und im Abendrot grüßte die Festung Salzburg von ihrem freundlichen Hügel. Schönes Wetter. War's möglich?
Zur Festung indes war auch Leopoldskron geworden. Ein Trupp von Soldaten umlagerte das Tor. Des Nachts Pfiffe, plötzliche Scheinwerfer durch den Park, und wer die Terrasse betrat, hatte alsbald einen Wächter zur Seite, welcher den Himmel musterte. Denn Sprengstoffe, – dem Schloßbesitzer und seinen Gästen zugedacht –, hatten kürzlich Löcher und Lücken in das Portal und in die Steinfliesen der Halle gerissen. Doch was kümmert sich der Himmel um die Vorgänge auf der Erde? Die Sonne strahl-

te an diesem Morgen auf wolkenloser Bahn, und es war eine Lust, im Grün den Weg in die Stadt zurückzulegen, erst die große Allee, dann den gekrönten Tunnel hindurch, Tunnel aller Tunnelle! Zeit zur Musik, der lang entwöhnten, kein Anlaß zur Eile, man war ja jetzt an ihrem Quell; nur gemach; sie war in den Schweifungen dieser Häuser, dieser Fenster, dieser Gassen, dieser Höfe, dieser Kirchen. Auch über die Brücke, den Fluß – ein Flüßchen nur – seine naive Uferpromenade spielte sie hin. Und was für Glocken. Und über sie alle, als Dominante, die gleichsam ein wenig vornübergebeugte Spitze des Untersberges. Auch die noch geweitete Landschaft war auf eine Melodie, die der auslaufenden, präludierenden Linien, gestimmt.

»Was strickst Du da?«

»A Jackerl«, flötete das Kind, das auf einem Schemel im Schatten vor dem Hause saß.

Eine gewisse Lässigkeit und Süße gehört zum Bilde dieser Stadt. Aber bewaffnete Gestalten überall. Und nicht wie Tagediebe schauen sie in die Luft. Die zahlkräftigen Gäste in Salzburg müssen in Obhut genommen werden und brauchen nicht zu merken, wie schwer die Einheimischen sich tun. Für diese nicht, wohl aber für jene ist hier alles vorhanden, auch Kaviar, falls gewünscht, wohlbestellte Konditoreien zuhauf, Schlagsahne bis zur Unerschöpflichkeit, Walderdbeeren in unglaublichen Mengen. Wer sammelt sie nur? Sogar eine Spielbank ist da, solchen Herrschaften zuliebe nämlich, welchen der Abend nach einem großen Kunstgenuß eben doch nur als angebrochen gilt und für die – es ist eine Pöbelei wie eine andere – nach einem Vergnügen, ununterschiedlich, gleich ein anderes her muß, weil sie sich nicht besinnen mögen, denn dafür sind sie ja reich.

Warum nur stehen die Felder so leer? Wo ist das Vieh?
Es weidet auf den Almen zur Zeit, kommt die beruhigende Antwort.
Doch arm und finster blicken von Feldkirch ab, den Arlberg, das ganze Inntal entlang, die malerischen Bauernhäuser uns an. Und schwärzliche Herden tauchen da immer wieder auf? Man hat es wohl mit einer besonders dunklen Sorte von Schafen zu tun.
Ach nein. Es ist Mist. Hoch von den Bergen herab wird er von den Leuten mit großer Mühsal heruntergeführt. Schafe sind hier keine zu sehen. Und was für eine alte Frau ist das, die, an der Straßenecke stehend, so schreit? Sie hält einen irdenen Hafen in Händen mit leerer Brühe darin. Was hat sie?
Nichts. Es wurden ihr nur die Knödel verweigert, die in ihre Suppe gehörten, deshalb jammert sie. Doch als sie jetzt ein paar Groschen erhält, benimmt sie sich noch viel lauter und hat mit einem wilden Jubelruf Aminta zur Gräfin erhoben. Um weniger als nichts nämlich, ja a priori, avanciert man in Salzburg in den Grafenstand. Im Coiffeurladen tut man keiner Kundin die Unbill an, sie für weniger als eine Baronin zu halten. »Hab die Ehre, Frau B'ron.« – »Gewiß, Frau Gräfin.« – »Empfehl mich, Frau B'ron.« – »Ist die Kabine acht für d'Excellenz no net frei? Aber so was!« – »Küss' die Hand, Frau Gräfin.« – »Darf ich bitten, Excellenz.«

*

An Aminta trat jetzt der Ernst des Lebens heran, und mit dem Brief versehen, den eine große Zeitung auf ihr Drängen ihr bewilligt hatte, verfügte sie sich zwecks Pressekarten in das Pressebureau.

»Es sind schon 189 Journalisten da«, hielt ihr ein statiöser Herr entgegen, »und da kommen Sie am 16. August.« Nichts mehr von Gräfin.
»Ich soll auf meine besondere Weise über die Aufführungen berichten«, sagte Aminta mit Würde. »Es steht drin.« Und sie deutete auf den Brief.
»Wenn aber nix mehr da ist? Am 16. August. Was haben Sie denn sehen wollen?«
»Ich möchte«, griff sie prompt den Faden auf, »›Jedermann‹, den ›Faust‹, ›Don Giovanni‹, die Toscanini-Konzerte...«
»Ausgeschlossen«, unterbrach er sie con sforza. »Bei 189 Journalisten.«
»Ich soll auf meine besondere Weise...«
»Wenn aber nix mehr da ist.«
Da warf Aminta einen Blick auf ihre Begleitung.
Es war zu spät, sich vor ihr zu genieren.
Unter Vorspiegelung der mannigfachsten Pressekarten – vor acht Jahren waren sie ihr ohne weiteres zuerkannt worden, heuer versteht sich, würde es erst recht so sein – hatte sie eine Freundin aus der tiefsten Tschechoslowakei herüberbeschworen, dieser war eine schöne Dame aus Venedig gefolgt, beiden hatte sich ein äußerst flotter Ungar angeschlossen.
Zu viert also waren sie die endlosen Stufen emporgestiegen.
»Für heute wär noch etwas übrig, wenn Sie wünschen«, sagte der statiöse Herr zu Aminta.
Diesen Mann wollte sie sich aber zähmen.
»Ich wünsche vier Karten«, sagte sie.
»Ausgeschlossen«, rief er wieder. Aber sie erhielt deren zwei, und außerdem noch einige für meist unwichtige Veranstaltungen; ein kleines Häuflein, mit einer Klam-

mer festgehalten. Für alle übrigen müsse sie sich mit einer Vormerkung begnügen, die aber nichts nützen würde, denn es sei nichts mehr da.
So zog sie mit ihrem Terzett wieder ab.
Ach, – sie hatte gut lachen, und wie tut Gelächter wohl, während man an die Treppe eines ernsten Regierungsgebäudes lehnt. Was konnte ihnen schon passieren? So dumm war doch keins von ihnen gewesen, sich ausschließlich auf diese Rädelsführerin zu verlassen; Aminta selbst hatte sich versorgt. So standen sie, ziemlich für alles eingedeckt, einander gegenüber.
Die schönen Brunnen Salzburgs plätscherten im Licht; halb im Schatten, halb von den Sonnenstrahlen gestreift, lockte Tomaselli, malerischstes aller Cafés. O Berge, nah und fern hingelagert, und du, o Fluß, du Flüßchen nur, du Städtchen, immer die Maße einhaltend, daß man schnell über die kurze Brücke hin und her zu deinen Kirchen, deinen Fassaden, deinen Säulen, Durchgängen und Gittern gelangt. Auch war ein Eifer in den Besuchern, daß sie wie Bienen schwirrten. Denn die Freude, die Freude war da.
Aminta kehrte ins Schloß zurück, in dessen Park die weißen Kraniche, von rosa Hütchen gekrönt, zu Solotänzen anheben, mit unbeschreiblicher Zier ihre schier immateriellen Füße auswerfen: Kreaturen aus dem Fabelreich.
Die Nacht zieht jetzt über sie und über das Freilichttheater, dem Lager der Statuen und Gnomen, auf, weitab von ihnen und den gestutzten Hecken beginnen die Blumenfelder im Mondlicht zu spinnen. Nur die Soldaten träumen nicht und halten Wacht über den Himmel, den neuen Kriegsschauplatz für die Liebhaber dieses Handwerks.
Breite Bäche, Gruppen von Bäumen, die für sich bleiben, aber auch Wiesenflächen gibt es hier, nur wenig began-

gen mehr, von schmalen Wasserstraßen durchzogen, die tagsüber ein Volk von Mücken umsummt. Aus ihren Gründen zischt es nun auf. –

Das österreichische Volk ist von so sympathischem Wesen, daß man verführt wird, es für besser zu halten, als es vielleicht ist. Es hat seine humane Begabung während des Weltkrieges bekundet, indem es verschmähte, die Mode der Konzentrationslager für ausländische Zivilpersonen mitzumachen.

Aminta ist jetzt ins Schloß zurückgekehrt. Es sind Gäste erwartet, das Essen ist sehr spät angesetzt. Längst sind die melodischen Glocken verklungen, die den Abend einläuteten, das Alpenrot verglüht. Die Nacht unterscheidet nicht mehr zwischen Bayerns und Österreichs Bergen und hält sie umschlungen; sie schlummern verbrüdert, ob auch ihre Täler ungangbar wurden für einander.

Wieder ertönen Pfiffe und streifen Lichtsignale durch den Park, Soldaten umlagern das Portal, und es fahren Wagen durch ihre Reihen vor, aber das Schloß erstrahlt nicht wie vor acht Jahren in a-giorno-Beleuchtung, die Stimmung ist nicht nach Festen. Der große Saal, in dem bei Kerzenschein die Kammermusik spielte, dient nur als Durchgang, die Freitreppe, eine einzige Lichtfläche damals, liegt im Halbdunkel, und wie verweht sie scheinen, die Geladenen von damals. Lebendig dagegen und heimisch in diesem Rahmen ist Hofmannsthals Schatten. Seht auch die barocke Pracht der Zimmer, die ihres Charakters, ihres Lebens teilhafter scheinen denn vor acht Jahren, als so viel Treiben und Getriebe darin herrschten. Das Heute wirkt hier verstaubter als die Vergangenheit.

Und es erbittert sich das Tischgespräch. An vielen Schärfen und Ecken stößt sich das Herz. Wer einen geistigen Pilgerzug durch unsere gegenwärtige Welt unternimmt, der muß sich sagen, daß ihr jede Amenität entschwunden ist. Was soll das ganze Getue mit Mozart eigentlich heißen? Keine Zeit könnte seinem Geiste ferner und zuwiderer sein.

Der Hausherr hat sich in Schweigen gehüllt. Gehässige Redensarten sind seiner Natur fremd. Worüber spintisiert heute dieser Davongejagte? Wie er durch Aufführungen des ›Faust‹ Goethes Deutschland der Welt am schönsten übermitteln könnte. Der Leidensgefährten laufen ja genug herum, aber wie viel machen Meinungen schon aus? Erst die Gesinnung schafft es. Ein freies Wort im Lande selber zu wagen, und wäre es vergeblich, wiegt Bände, am Rande desselben geschrieben, auf. Gerade hierüber aber wird jetzt unter heftigsten Ausfällen gestritten. ›Warum bin ich nicht lieber in die Oper gegangen‹, denkt Aminta, die nicht gewandt ist zur Diskussion und sie deshalb nicht mag, ›warum bin ich nicht lieber in die Oper gegangen? Warum, aus welcher Nervosität schiebe ich den ersehnten Augenblick, der lang entwöhnten Musik mich wieder hinzugeben, jetzt, wo ich an der Quelle sitze, hinaus? Warum mußte ich die Karten wegschenken, die der statiöse Herr, den ich gezähmt habe, mir überreichte?‹

Und nun blitzen wieder die Scheinwerfer im Laube auf und Pfiffe ertönen durch den Park. Sie künden die Wagen der aus dem Theater Zurückkehrenden an, Schloßgäste und Heimatlose auch sie, aber in musischer Verfassung.

Rein hängt der Mond am Nachthimmel und kündet gutes Wetter für den schon angebrochenen Sonntag.

Wie Wasser in einem Ziehbrunnen steigt jetzt der Strom der Fremden, die Luft ist so klar, daß man die Risse und

Klüfte der bayrischen Berge mit nacktem Auge unterscheidet, aber kein Echo dringt von dort her. Offen ist die Welt nur der Schweiz, dem Salzkammergut, Wien und Kärnten zu.
Der heuer so viel besprochene ›Don Giovanni‹ steht wieder auf dem Zettel, eine große Aufregung bemächtigt sich der Stadt; seinem Glück nicht recht trauend, zitternd vor Erwartung sieht man dem Abend entgegen. Denn wer von uns hat schon eine in allen Teilen schöne Aufführung dieser Oper erlebt? Was für Federbetten, was für Dromedare von Donna Annen dagegen, oder umgekehrt: was für abgetakelte Don Giovannis zu einer guten Anna vielleicht, oder was für schmissige Bierbrüder von Don Giovannis zu einer feinen Elvira vielleicht, dazu ein klassischer Don Ottavio vielleicht, so daß man die Donna Anna erst recht nicht begriff; die Ouvertüre, wie immer unvergeßlich von Levi oder Mottl dirigiert, aber hernach? Irgendwie war immer noch die Illusion zerstört: ein ausgezeichneter Leporello hebt nicht die Riegel, die Laterne einer noch so stimmbegabten Zerline ist nicht Aladins Lampe. Doch alle, alle, ging das Gerücht, seien diesmal gut. Kein Wunder, daß an 400 Autos von allen Himmelsrichtungen, nur nicht aus Deutschland, sich unterwegs befanden, vom Engadin, von Venedig her, um einer Oper willen, die so leicht umzubringen ist... Pinza mit der Giannini aber... Als hätte man das Große Los gezogen, so sah man beiden zu, hörte die trauernden Akzente dieser Donna Anna, weil sie Don Juan nicht lieben durfte, der nur dieses einen Verbrechens schuldig war, denn die 1003 wogen keine Feder im Vergleich, das Finale mit seinem Sprüchlein war nur ein gewolltes Unding, eine Konzession; das Höllenfeuer, in das er so gebieterisch hinabfuhr, war das Feuer des Vogels Phönix nur. Bei

ott ist kein Ding unmöglich, auch nicht, daß er sich einmal durch eine so vermessene Oper narren läßt.

Der Abend ist vorbei, und rasch tritt das Festspielhaus ins Dunkel zurück. Es heißt Licht sparen in Salzburg. Wieviel Salzburger mochten schon im Publikum gewesen sein? Vielleicht sind sie es von der Barockzeit her gewöhnt, im Hintergrund und als platonische Teilhaber glänzender Veranstaltungen zu bleiben. Da ist der blasse Chasseur eines beliebten Hotels. Bis in den Nachmittag trieb er noch Karten – nicht zu Schwindelpreisen etwa, denn das wäre kein Sport gewesen – sondern für Gäste, die er bevorzugte, auf. Salzburg im Glück, trotz allem, denn seine Schönheit, seine Glocken kann ihm niemand nehmen. Zugegeben: das Brot hat sich verschlechtert, Kipfel und Kaisersemmeln sind nicht, was sie einst waren, aber das ist so fast überall. Siegern wie Besiegten blüht der Weizen nicht wie einst. Einen embarras de richesse ergeben nur die 400 Wagen, deren Besitzer endlos warten dürfen, so daß die Fußgänger es viel besser haben. Schnell gelangen sie überall hin, zur kurzen Brücke auch, wo das Flüßchen im Finstern eilt. In allen Gaststätten tobt und gellt jetzt ein Geklirre, Tellergeklapper und Geschepper, eine Saturnalie von Stimmen, unabgeblendetes Licht, als lärme auch dies, so daß man zurückfährt wie vor Gespenstern. Sie, die vorhin erst – sofern sie wirklich zuhörten – ein weites Band umschlungen hielt, Gemeinschaft Scheinlebender bilden sie nun.

Es ist ärgerlich, einer mittelmäßig gesungenen Messe halber ein Vormittagskonzert versäumt zu haben, von dem so viele begeistert zurückkommen, und Aminta hätte gerne ihr Urteil über Bruno Walter revidiert. Gewiß war es eine Erziehung für sich gewesen, alle großen Kapellmeister der letzten Jahrzehnte gehört zu haben.

Sie war jetzt zu Mary gezogen, ihrer Freundin aus der Tschechoslowakei. Diese hatte die Venezianerin eingeladen, welche den schönen Namen Gioconda in Schönheit trug. Sie wohnten in drei ineinanderlaufenden Parterrezimmern. Mary trug einen rosafarbenen, Gioconda einen nilgrünen, Aminta einen silbergrauen Schlafrock. So fegten sie durch die Etage.

Der Leser muß wissen, falls er es nicht schon längst weiß, daß während Festspielzeiten eine gewisse Verstiegenheit bei den Zuhörern überhandnimmt. Die einen hegen diese, die anderen jene Stars, die ihnen ja nicht alle Tage scheinen; und natürlich verstehen die einen mehr, die anderen weniger und die meisten nichts. Es gab Rädelsführerinnen von hoher Komik, ihre entsprechende Gewähr waren gewisse Underlinge der Musik, die sich für zünftig hielten, weil die Musik ihr Beruf war; Toscanini? ein Zauberkünstler, ein Musikästhet. Genügte er den Damen aber auch seelisch?

Busoni spielte manchmal Beethoven-Sonaten mit einer anstürmenden Willkür, die etwas Ergreifendes hatte, weil sie ihm zustand. Weh dem, der es ihm nachgetan hätte.

So war die ganz auf ihr geistiges Skelett, ihren Rhythmus, ihre Plastik gestellte Interpretation der Haffner-Symphonie ein Standpunkt: unzärtlich, unsentimental – größter aller Delikte, Mozart zu versüßen – nirgends wurde dem Zuhörer entgegengekommen und geschmeichelt.

Was aber sollte man erst von der Siebenten Beethoven-Symphonie sagen? Himmelsluft brauste mit ihr auf den Zuhörer ein. Hingerissen sagen die Deutschen. Aber vielleicht ist das Wort transporté, in eine höhere Lage versetzt werden, der gemäßere Ausdruck. So ausgesprochen nsportée fühlte sich da Aminta, daß sie in einer Anandlung von Flagellantentum beteuerte, auf diesem indruck bleiben und auf die nächste Vorstellung des ›Don Giovanni‹ verzichten zu wollen. Sieh mal an. Vorerst waren es nur saure Trauben, denn weder für Geld noch für gute Worte bot sich die geringste Aussicht, ihn ein zweites Mal zu hören.

Die New Yorker waren eingerückt; die Abonnenten der Metropolitan Opera beherrschten das Feld.

Das Erlesenste, was Salzburg heuer zu bieten hatte, war wirklich so erlesen, daß Mary und Aminta sich nur mehr an dies halten mochten; ihr Aufenthalt, die Festspiele gingen zur Neige, man schrieb den 26. August. Zudem hatten die Gäste jetzt Blut geleckt und waren von einem wahren Furor des Vergnügens ergriffen. Die Ungeduld zwischen einer Darbietung und der kommenden wurde durch Ausflüge ins Gebirge totgeschlagen, auf Stunden oder auf zwei, drei Tage sogar, jeder See besichtigt, das Salzkammergut durchstreift, jeder befahrbare Berg überfahren; und mußte man das kaiserliche Ischl nicht gesehen haben, so kaiserlich geblieben trotz der überwältigenden Phantasielosigkeit seiner kaiserlichen Villa? Nahte dann die Stunde einer wichtigen Vorstellung wieder, so büßten flugs die Ufer, die Waldeswege, alle Wunder der Natur, ihre Zugkraft wieder ein; es gab nur mehr einen Magnet, zu dem alle zurückdrängten. Der Morgen des kritischen Tages brach an. Allem Anschein nach würde für die beiden Damen – Gioconda war abgereist – die Sonne ohne ›Don Giovanni‹ untergehen. Zwar zeigten sie jetzt die heroische Gefaßtheit der Strategen. Zu guter Letzt aber arteten ihre Bemühungen in eine Art Affentanz aus, einem Hangen, einem Hängen am Telephon, endlich in eine Lammsgeduld, die selbst nichts anderes war als ein verdrängtes Fieber. Ein Königreich für ein Billett. Aber auch der Chasseur des beliebten Hotels brachte keines auf. Und auch der Erfolg des Schreibens zeigte sich nicht, welches Aminta gestern abend an den Direktor der Festspiele gerichtet hatte: Gern wollte sie die doppelte Summe zahlen... wie aber könnte sie »auf ihre Weise« usw. ... wenn sie nicht einmal den ›Don Giovanni‹ gesehen hätte. Denn einmal ist keinmal, durfte sie sich mit dem Sprichwort sagen. Trotz all dem lief mit der Frühpost keine Antwort ein.

Jedes Stolzes bar rief Aminta in seinem Bureau an.

»Ist es wegen der Karten?« lautete die Rückfrage. »Dann hat es keinen Zweck. Es gibt keine mehr.«

»Ist der Herr Direktor schon da?«

»Nein, der Herr Direktor kommen erst in einer Stunde.«

›Aha, darum‹, dachte Aminta.

Eine Stunde später klingelte sie wieder an.

»Der Herr Direktor sind wieder fortgegangen. Rufen Sie bitte um vier Uhr nochmals an.«

Mary ging zum Coiffeur, um auf alle Fälle gerüstet zu sein.

Um vier Uhr rief Aminta an.

»Es ist noch zu früh. Erst um fünf Uhr wird sich zeigen, ob noch Billette zu haben sind.«

Um fünf Uhr rief Aminta an.

»Bitte telephonieren Sie um halb sechs.«

Indessen meldete sich der kleine Chasseur. Er hatte eine Karte erbeutet.

Aminta rief die Halbgelockte an den Apparat: »Ich glaube, wir schaffen's, komm sofort!« Es war halb sechs Uhr vorbei. Es ging auf dreiviertel.

Sie rief an. »So spät«, klang es zurück.

»Wieso?«

»Kommen Sie möglichst bald.«

»Warum denn?«
»Damit Sie noch eine numerierte Karte vorfinden.«
»Gleich«, sagte Aminta.
Sie riß sich den Silbergrauen vom Halse, stürzte auf ihr Zimmer, riß den Kleiderschrank, riß die Kommode auf. Vor Jahren schon hatte ein emeritierter Arzt ihr folgende Verhaltungsmaßregeln gegeben: »Keine Aufregung, keine Reisen, keine Unruhe. Vor allen Dingen hetzen Sie nicht. Hetzen ist Gift für Sie.«
Gift oder nicht Gift; wenn sie heute noch in den ›Don Giovanni‹ hineinkam, so war das kein Gift. Nektar war's! der war gesund.
Mary, immer ruhig, dabei immer prontissima, war schon zurückgekommen.
»Der Wagen wartet«, sagte sie.
Sybil hieß die Tochter des Hauses. Hilfreich umtanzte sie die beiden. So viel Narretei erlebte sie nicht alle Tage. Vor dem Hotel stand der blasse Chasseur. Lächelnd, mit einer Verbeugung reichte er Mary die Karte. Die Tore des Festspielhauses waren noch geschlossen. Doch ach, trotz der frühen Stunde warteten schon viele Leute davor. Aminta stand im Zeichen des Mars. Es blieben ihr noch einige Schlachten zu liefern.
»Ohne Karte darf niemand hinein«, rief einer aus.
»Aber ich soll sie erst holen«, sagte Aminta.
»Dann müssen Sie zum Nebeneingang.«
»Hier ist Schluß«, hieß es am Nebeneingang. Am Haupteingang hatte sich indes die wartende Schar verdoppelt. Die Zeit verging. Ohne Billett war kein Durchkommen mehr. Sie wandte sich wieder dem Nebeneingang zu. Auch österreichische Funktionäre aber verstehen sich auf Unerbittlichkeit. Dabei stand im Hintergrunde eine schmale Türe offen, die in die Halle führte. Sie war noch

leer. Seitwärts stand ein Tischchen darin. Darauf lag eine kleine Schicht Couverts. Davor stand ein Fräulein. »Dort«, rief Aminta bebend, »liegt meine Karte!« Und wie Alberich zur Maus, so wandelte der Wille, der ein Weg ist, sie zur Eidechse. Schon war sie weg.

»Liegt etwas unter meinem Namen vor?«, fragte sie den diensthabenden Engel.

»Aber gewiß«, sagte der.

»Und was schulde ich?«

»Fünf Schillinge.«

Es war aber mitnichten etwas Unnumeriertes: ein wunderbares Plätzchen für ein braves Kätzchen war's; ein Sesselchen fein aus der Reihe. Überzählig, extra für sie hingestellt. Heute gab es keinen Kampf mehr auszufechten. Alles war nur eitel Sieg.

Und eine Aufführung, die vorhergehende weit überbietend. Auch theatralische Veranstaltungen, oder sie erst recht, sind prädestiniert, haben ihre widrigen Konstellationen, ihre Gnadenabende. Und dieser hier ergoß sich wie aus einem goldenen Born. Pinza und Giannini, sich selber übertreffend, Bühne, Orchester, Dirigent. Alles wie auf ein Wunderschiff geladen, man wußte nicht wie, zog es vorbei. Als der Vorhang fiel, kehrte man aufseufzend, vom Geisterreich der Wahrheit entlassen, zum Bewußtsein der Wirklichkeit und seiner selbst zurück.

Der Mond hing am Himmel. In der linden Nachtluft zogen Mary und Aminta heim, hungrig mit einem Male nach den Strapazen dieses Tages. Aber da war das abstoßende Treiben wieder, das Geschepper und Geklapper, der Lärm der Stimmen im grellen Licht, gespenstisches Leben in allen Gaststätten entfacht, und als hätte man's eilig, mit einem Schwall von Worten die Eindrücke des

Abends zu löschen, zu verheeren, unter einer Schicht Staub gleichsam sie zu begraben. Nur der Nachthimmel, das Gemurmel der Wellen, der leere Strand, verhielten sich zum Glück der Stunde, das stille Laub im Dunkel, die fliehende Salzach immerdar.

Übrigens war in der Traube, wie im Café Bazar, wie bei Tomaselli viel von einem jungen Ehepaar die Rede, aus Polen im Hispano Suiza eingetroffen, das seine Karten für ›Don Giovanni‹ nicht etwa herschenkte – nein, dazu waren sie ihm zu schade, zahlte man doch bis zu 120 Schilling dafür, – sondern verfallen ließ, um ein Kino aufzusuchen. Daß die Proletarier aller Länder sich vereinigen, wird die Welt nicht aus den Angeln heben. Weit ersprießlicher wäre es, die Proleten aller Stände zu Paaren zu treiben. Es hat schon kompliziertere Maßnahmen gegeben.

*

Am nächsten Morgen – es war der Sonntag, der 26. August – dirigierte Toscanini ein ausschließlich Richard Wagner gewidmetes Konzert. Der Zeitraum – kaum zwölf Stunden – war dem großer Musik zu lang entwöhnten Sinn zu kurz. Noch in dem Zauber des vorhergehenden Abends versponnen, hatte er Mühe, sich einem so verschiedenen Genius wie dem Wagners, seiner ungeheuren Bewußtheit und tristitia, so ohne weiteres Gefolgschaft zu leisten. Keiner hat über Mozart, keiner über Beethoven, dessen letzte Werke er dem Verständnis vielfach erst erschloß, so Endgültiges gesagt. Er ist in beider Welten vorgedrungen als der Erfahrenere, der Beladenere, der Erkenntnisreichere, weiteren und schweifenderen Atems auch.

Aber die Luft, die Glocken Salzburgs waren zu leicht,

›Tristan‹, ›Parsifal‹, die ›Meistersinger‹ nicht heimisch im Salzkammergut, es war nicht ihr Rahmen, auch nicht die glückhafte Katholizität der kleinen Stadt. ›Dies Weniger, dies Mehr an Wagner, ergab es an dieser Stätte nicht ein Zuviel?‹ fragte sich Aminta. Nur durch den Mißbrauch aber, der mit ihm getrieben wurde, konnte er uns verleidet werden, denn er kann nicht vergehen. Künftige Generationen sind ihm im voraus wieder zugewandt.

Dies vorletzte Konzert Toscaninis ließ einen Hunger, ja eine Gier nach dem nächsten zurück, das erst drei Tage später stattfinden sollte, und so bewegt war jetzt die innere See, daß die Musik den immerwährenden Hintergedanken bildete inmitten der schönen Natur, in die man noch einmal hinausfuhr, und daß jene, nicht diese das allwichtige war. Auch Reisefieber mischte sich drein. Für viele wurde es am Dreißigsten ernst. Wenigen blieb Geld bis zum Ersten.

Herbstlich war indessen das Gebirge ermattet. Die Ufer verengten sich hinter Schleiern, die Pfade, auf Augenblicke nur geschärft sich aufrichtend, verkürzten sich im Nebel.

Nur die Wälder führten noch die Sprache des Sommers. Noch lange würden sie seinen Hauch beibehalten und Düfte des Harzes verströmen. Während das Laub des Jahres verweht, blüht das Grün der Tannen weiter, bis der Schnee es anfällt. Ihr Berge um Ischl, himmelhohe festliche Kulissen, gebieterisch, doch niemals schroff, ihr kaiserlichen Jagdgründe, lebt wohl.

SALZBURG 1935

Arlbergbahn
Ausblick und Rückblicke

Wer nach Jahresfrist, im selben Monat, unter denselben Bedingungen, an einen Ort zurückkehrt, dieselbe Umgebung, dieselben Kulissen vor Augen, dem ist dennoch, als höbe sich der Vorhang über einem zweiten Akt. So wenigstens dünkte es Aminta, als sie am 14. August 1935 eintraf. Es war höchste Zeit. Für den 15. vormittags stand ein Konzert in Aussicht, das sie um keinen Preis verfehlen mochte. Tags zuvor kam es an der Gare de l'Est, im Augenblick ihrer Abfahrt, zum ersten Zwischenfall; sie waren auf ihren Reisen keine Seltenheit. Sie hatte für Buchs ein Billett zweiter Klasse gelöst und nachträglich bemerkt, daß die aufgestempelten Ziffern eine Querzahl ergaben, die ihr abhold war. Sie verlangte daher, sie umzutauschen. Auf ein solches Ansinnen ging der Schalterbeamte nicht ein, und ein Kollege, der ihm zur Seite stand, flüsterte ihm etwas zu, das ihn in seiner Haltung bestärkte. Aber nicht nur eine Solidarität der Bahnbeamten, auch eine der Passagiere gibt es, und diese hielten sich jetzt ohne zu drängen, ohne Ungeduld zu bezeigen, als stumme Zeugen des kleinen Vorgangs. Rückhalt genug für Aminta. »So geben Sie mir«, sagte sie, »ein Billett dritter Klasse.« Dieses konnte ihr nicht verweigert werden, und siegreich zog sie damit ab. Die zweite Klasse war höllisch voll, die dritte ganz leer. ›Ha!‹ dachte Aminta, streute ihre Siebensachen herum und streckte sich hin.

Das Mädchen von Vesoul

In Chaumont kletterte, himmelblau angetan und im himmelblauen Hut, ein blondes winziges Mädchen herein, gefolgt von seinem etwa 38jährigen vierschrötigen Vater.
›Cultivateur‹, dachte Aminta.
»La valise!« rief das Kind, kaum befand man sich in Fahrt.
Alsogleich hob der Vater den Handkoffer wieder vom Netz, brachte ihn aber nicht sogleich auf. »Vite, vite«, kommandierte die Kleine, und es schossen so zornige Blicke aus ihren Augen, daß Aminta erschrocken dachte: ›Ist die aber böse!‹
Der Hut verschwand in einem großen Papiersack.
»Et le tablier!«
Aber diesmal war er ihren Befehlen schon zuvorgekommen. Geschickt legte er ihr die Schürze an, die bis zu dem Saum des blauen Kleidchens herabfiel. Besänftigt nahm sie nun ihren Platz ein. In gelöster Pose, als wäre sie schon wer weiß wie lange auf der Welt, und an ihren fügsamen Vater gelehnt, betrachtete sie die Gegend, die vor dem Fenster vorüberflog, ohne Fragen zu stellen; ohne das übliche Kindergeschwätz, nur hin und wieder mit einem kurzen Blick Aminta musternd, der indes ein Licht aufgegangen war: mitnichten böse, nur ungemein kapabel war der Knirps.
So saßen die drei ziemlich schweigsam beisammen. Der Vater ließ manchmal ein Wort über die Hitze oder die Ernteaussichten fallen. Aminta schrieb einen Brief. Kurz vor Vesoul nahm der Vater die Tasche herab, und wieder stand das kleine Kind in seinem himmelblauen Kleid da mit dem dazu passenden Hut. Aminta hatte ihren Brief frankiert.

»Sie würden mich sehr verpflichten, wenn Sie ihn für mich einwerfen wollten. Ich bräuchte dann nicht auszusteigen«, sagte sie zu dem Vater.
»Ich stecke ihn da zu meinen Zigaretten«, erwiderte er sehr höflich und zuvorkommend, »so denke ich sicher daran.«
»Es könnte dennoch sein, daß er vergißt«, bemerkte das Kind, »allein ich werde ihn daran erinnern.«
»Nein, was hast du für einen schönen Hut!« rief Aminta erfreut. »Und hätte man ihn nicht in den Sack getan, so wäre er jetzt schon verrußt, so wie das hübsche Kleid. – Meiner Treu«, begann sie wieder, »welch reizendes Kleid!« Sie sagte es nur, weil das Kind sie immer mehr bestach.
Dessen Mienen aber wurden plötzlich höchst wunderbar. Gut. Schön. War der Hut wirklich hübsch? Man hört so etwas immer gerne. Zu was für einem dünnen distanzierten Lächeln jedoch ließ es sich da herbei? Fürwahr! so mochte nach einer fünfundzwanzigjährigen Praxis Queen Mary die im Federkopfputz ihr vorgestellte Hoffähige, welche nicht zu ihrem intimen Zirkel gehörte, begrüßen und verabschieden zugleich.
Der Zug verlangsamte seine Fahrt. Nicht lange hält er in Vesoul, und Vater und Tochter standen zum Gehen bereit. Diese aber wandte sich an der Tür noch einmal Aminta zu, und auf die Gegenstände deutend, die herumlagen: »Hier sind Sachen«, sagte sie freundlich, wenn auch kalt. »Vergessen Sie nicht darauf, wenn Sie aussteigen.«
Da starrte Aminta, sich ganz und gar durchschaut fühlend, den Vater an. Bei ihm brach jetzt der ganze Stolz seines Herzens hervor. »Elle a cinq ans«, bemerkte er nur.
Die beiden stiegen aus. Aminta trat ans Fenster und sah ihnen nach. Rasch hatten sie sich im Getriebe verloren. Leer war jetzt das Abteil. Dies kleine Mädchen, dessen

Obhut sie sich nunmehr entzogen fühlte, würde ihr nie wieder begegnen.
Glückliches Vesoul!

*

Viele streben heute fort von diesem Erdteil. Amerika ist ein starker Magnet für sie geworden. Doch, wer in heller Sommerfrühe durch die Zürcher Bahnhofstraße zur Station Enge fährt, Blumen überall vor Augen, weite Blumenstrecken zur Linken, vor dem Platze, der schon an den See grenzt, dem fällt es schwer, an den Untergang Europas zu glauben und an den Sieg der Spukgestalten, die ihn bereiten möchten.
Nicht gepreßten Herzens, wie so oft, sondern hochgemut saß Aminta in ihrer Fensterecke und blickte zu den Ufern und den heiter versammelten Alpen hin. Umgeben, dennoch abgetrennt, fuhr sie stumm dahin. Wo ein Wort so leicht das andere gäbe, hißte sie die Flagge ihrer inneren Zurückgezogenheit und glaubte sich unbehelligt und geborgen. Illusion! Zwar isoliert das Rauschen des Zuges, doch es erhöht auch die innere Bereitschaft, Erwägungen und Erinnerungen werden laut und schlagen die Ruhe in den Wind. Den jungen Mann, der seine Reisemütze zurechtrückt, hat die Braut zur Bahn begleitet. Fand sie die rechten Worte zum Abschied nicht? oder setzt ihm die Panik vor dem Ehestand plötzlich zu? Er legt die Zeitung ungelesen fort, kramt in seiner Tasche, zieht das Kursbuch hervor: beliebtes Ablenkungsmanöver bei Männern. Der Zug passierte Feldkirch, er ließ sich in die Berge ein, fing an zu steigen und die Tannen stiegen mit ihm. Soeben sah man noch deutlich den Wasserlauf des Flusses aufsprühen, nun grünte er schon in der Schlucht. Bald zog das spitze Kirchlein auf seiner Felsenhöhe im Sonnenglanze dieses Tages daher, und am Rande des Horizonts hielt je-

ner blasse Gipfel seine Schau, der Tor und Ausgang ist dieser steilen Welt, in ihr gründend und ihr entzogen. So gehört der große Sohn eines Volkes nur bedingt der Heimat an, der er entstammt.

Wie anders war hier der Himmel von dem, der über die weite und musische Loire treibt, ihre Inseln und Pappeln, wie verschieden auch schon von dem kälteren der Ostschweiz, verbindlicher und weicher geworden, wenn auch noch ganz unitalienisch. Barocken Pferden gleich bäumten sich die weißen Wolken, und was lugte hinter ihren goldenen Schabracken hervor? Der Himmel Österreichs und Südbayerns war's, unter dem die Straßen sich so weiß einlassen in die Wälder und der noch hintreibt bis zu Würzburg und über die lehmigen Ufer des Mains, doch über die rote Erde des Frankenlandes nicht mehr, denn dort stimmt er sich schwerer. Auch 1500 Meter über dem Meeresspiegel war es heute heiß, Harzdüfte verströmten wie im Rausch, und bald von dieser, bald von jener Seite hallte das Echo des nun abwärtseilenden Zuges.

Nicht lange und die Martinswand schob sich ins Tal. Auf ihren Höhen die Bahn, die bis zum Karwendel läuft, dessen Grau sich in der Sommerschwüle, unter einem trüben Himmel, vom Grau des Gewölkes nicht unterscheidet.

Schweig still mein Herz...

Kennst du die Zauberbucht hinter Toulon, als müßte es hier gewesen sein, daß der müde Odysseus zwischen den Klippen schwamm und Leukothea ihm den Schleier zuwarf, weil ihn die Kraft verließ. Und weiter landeinwärts, doch vom Meere umblaut, die schwärzlichen Berge antiken Zuges, mit einer Luft, von welcher man nicht weiß, ob Wonne oder Heimweh sie zerreißt.

Aber kam da nicht Innsbruck, die siebenfach gekrönte Stadt? Zur ungeheuren Flammenkrone glüht in der Abendsonne die Wand der Alpen auf, an die sie lehnt. Eine Kronenwand ist der Hintergrund zu ihrer Hofburg, der Hofkirche, dem Goldenen Dach, den Farben, Erkern, Fensterläden ihrer Maria-Theresia-Straße. Und dazu dieser niederträchtige Bahnhof! Aminta hatte ihn noch gekannt, als er stimmungsvoll und beschaulich im Zeichen der Schönheit stand, die ringsumher gebietet, und ein Bergeshauch bis in den braunen schattigen Speisesaal hineinwehte; jetzt ein roh hingeworfenes Steinungetüm, geräumig natürlich, schon wegen des Bretterzeugs der Skiläufer, von dem der graue Schnee hinabfließt und Perron und Unterführung unter schmutziges Wasser setzt. Aminta seufzte, wenn sie an die Wiederkehr des Winters dachte; ein Irrtum dünkte er ihr, wie der Tod, häßlich wie er, wenn er die Zeichnung der Bäume zerstört, im kreidigen Tagesschein die Äste zu unförmigen weißen Armen verunstaltet und in immer dichteren Massen die Häuser und die Felder unter ihrer nassen Last begräbt. Gewiß hat er Augenblicke – hat sie nicht auch der Tod? – Augenblicke des Feierns, im Dezemberzwielicht oder wenn der Schnee leicht wie ein Schatten die Zweige anweht, das durstige Auge berückt, oder an Tagen sonnigen Frostes in den Alleen mit sich selber spielt, als blühe er – Asyle kennt der Winter, Rettungsstationen, échappatoires. Auch der Tod? Aminta fuhr aus ihren Träumen auf. Mit einem großen Ruck setzte sich der Zug in Bewegung; reizte es doch niemanden mehr, auf diesem stimmungslosen Bahnhof zu halten. Mit ihm harmonierten die Vororte; sie sind heute überall gleich, gefühllos und auf Abbruch. Von ihnen sind heute die Peripherien auch der schönsten Metropolen verheert. Nur das ewig junge Hall, an dem man jetzt mit unziemlicher Eile vorübersauste, stand so gut wie verschont. Es war zu klein. Aminta kannte jetzt zahllose Ausläufer und Zufahrten von Städten. Im Frühjahr 1932 war sie von der Leidenschaft des Chauffierens befallen, und eine Chauffeuse von Gottes Gnaden geworden, denn kein Huhn, keine Katze, nicht einmal eine Gans, die sich behäbig mitten auf dem Wege Zeit ließ, war durch sie zu Schaden gekommen. Ob auch die Schutzleute kopfschüttelnd zusahen, wenn sie mitten im Gedränge beim Rückwärtsfahren zeigen mußte, was sie konnte.

Kurven aber, je mehr desto lieber, nahm sie voll Schneid, und ihr Examen bestand sie mit Auszeichnung. Bebend, weil sie wußte, wo es bei ihr haperte, aber todesmutig, weil sie wußte, wie sehr das Glück bei Prüfungen mitspielt, trat sie vor den Herrn Reichskommissar. Nicht allein. Ein schöner Jüngling war ihr als Kollege zuerteilt. Für's erste leierte sie etwas über die innere Beschaffenheit eines Autos, den Zünder und Plunder seiner Karosserie geschäftig herunter – von jetzt ab konnte sie das auf immer vergessen –, dann bestiegen die beiden Aspiranten den Wagen unter Bedeckung der hohen Amtsperson und des Lehrers.

Die Fahrt ging durch das badische Markgrafenland bis zum Blauen, dem Berg des Ortes, Wahrzeichen der Gegend. Dann tauschte man die Plätze. Bis hierher hatte Aminta chauffiert.

Und nun chauffierte der Jüngling rechts an der Seite der Bäume, den grünen, goldenen Wald hinauf. Die reine Luft trug ihnen deutlich vier Schläge von der Dorfkirche zu. Schöne und beseligte Welt, in ihre Freuden eingegangen und als schwiegen alle ihre Leiden in dieser Sommerstunde. So schien es.

Der Gipfel war nicht mehr fern. Da – o namenloser Schreck! – wurde von neuem Halt geboten, und zwar vor einer Kreuzung: die Straßen überschnitten sich hier kurz.

Die eine lief auf einer Höhe von zwölfhundert Metern die Flanke des Berges entlang, die andere an einer steilen Böschung hinauf. Und von ihr aus sollte kehrtgemacht werden. Der Götterjüngling aber, den Zuruf überhörend, hatte schon angefangen zu manövrieren; hinauf, von rückwärts hinab, und wieder hinauf, vollzog er die Wendung mit Kunst und savoir faire, brachte in der Richtung talwärts den Wagen zum Stehen und setzte sich dann erst in das Innere an die Seite des Kommissars; denn Aminta war schon ausgestiegen. Gesenkten Blicks, um ihren Jubel nicht zu verraten, und mit einem Mona-Lisa-Lächeln schwang sie sich neben den Fahrlehrer und übernahm die Führung. Nicht auf der Seite des Waldes, sondern auf der des Abgrundes ging nun der Weg. »Vorsicht! Fahren Sie nicht zu schnell!«, mahnte der Kommissar. Und deutlich hörte Aminta eine Sorge heraus. Denn schmal war die Bahn, ein Ausweichen heikel und schwierig. Aber sie würden keinem Wagen begegnen, weil keiner herauffahren würde. Aminta wußte es. Für heute war sie gefeit. Sie schaltete aus. Nur eine Handbreit trennte das Gefährt von der Tiefe. Eine Handbreit weiter nach rechts, und man stürzte hinab. Aber man hielt sie ein, diese Handbreit. O diese Kurven, diese Zickzacks; welche Wonne sie zu meistern! Nein, nicht schnell; geruhsam vielmehr. Chi va piano va sano, sécurité, securitas. Keine Sorge, meine Herren. Sicherheit in der Gefahr, das war ja gerade das Schöne; unter einer solchen Austerlitzsonne, im Lichte eines solchen Laubes! Metamorphosen. So begeben sie sich. Aminta saß eingelullt in ihrem Glück. Ihr war nicht mehr, als handhabte sie ein Steuerrad, noch als lenkte sie ein Auto, sondern als säße sie hoch zu Roß: ein Ritter mit einer Lanze, und hielte sie gesenkt; ein Ritter allein und ritte durch den Forst nach siegreich durchfochtenem Turnier, heim nach der Burg seiner Väter. Hoch zu Pferde. Völlig versonnen zogen beide durch das Grün, Alcantos, das bewährte Roß, und der Ritter mit der gesenkten Lanze in seinem Glück.

Daß sie das noch erlebte. Geradelt war sie ja viel, und auch einmal geflogen, in einem Freiballon zehn Stunden hindurch, von Augsburg bis tief in die Pußta hinein, und höher als der Montblanc in eine totenstille Luft hinaufgetragen. Aber dies war noch viel schöner, dieser Ritt so nah dem Abgrund, den Berg hinab!

»Achtung!« kam es vom Kommissar. Scharf die Biegung, Kurve über Kurve – und wäre jetzt ein Wagen entgegengefahren...

Aber es kam keiner. Es war ungeheuer einfach. Die Vögel sangen in den beginnenden Abend, der ganze Wald rauschte dem Ritter zu, daß sein Bewußtsein der Zeit sich spaltete, wie jenem Mönch der Legende, dem ein Jahrhundert wie eine Stunde entrann. War es erst oder schon, endlich oder immer, als das offene Land sich wieder auftat am Fuß des Berges, und die Linie der Vogesen mächtigen Schwunges sich am Rande der Ebene hinzog? Mit dem Finger konnte man genau auf die Stelle hindeuten, wo Mülhausen, Colmar, Straßburg lagen, und das Burgenland und wo der fatidike Rhein seinen Lauf beschrieb. Es war einer jener Feiertage der Natur, gezählt in jedem Jahr, die bis zu ihrer Neige in einem zauberischen Scheine stehen. In weiten Schwingungen führte die Straße abwärts, Hügel und Felder entlang, dem Marktflecken zu, dem Endpunkt der Probefahrt. Die Häuser standen noch im Sonnenlichte, es war heiß, arm an Wasser lief das Flüßchen zwischen steinernen Dämmen. Da erwachte Aminta aus ihrem Tagestraum, doch ohne daß seine Fesseln sich gleich von ihr lösten. Sie besann sich plötzlich nicht mehr, weder wie

man bremste, noch wie man umschaltete, noch wie man einbog, noch auswich, nur wie man geradeheraus und ad infinitum im selben Tempo fuhr. Kein Laut saß ihr in der Kehle. Es war schon alles eins. Mehr wie in den Fluß stürzen konnte man nicht, sie schloß die Augen, aber da hatte der Fahrlehrer in das Steuer gegriffen, ganz von ungefähr; es war alles so einfach, daß der Kommissar, der an einer so harmlosen Stelle keine Gefahren witterte, nichts bemerkt hatte. Stolz chauffierte Aminta über eine kurze Brücke, schaltete in den zweiten, den ersten Gang, zog die Bremse an, und war am Ziel. Der Kommissar gratulierte ihr zur Prüfung. »Gut is's gangen«, bemerkte der Fahrlehrer nur. Sie nickte. Dann fuhr sie zu ihrem Häuschen hinauf, das am Fuß des Berges stand, zurück. Auf ihrer Wiese ausgestreckt hielt sie den Blick auf ihre Rosen gerichtet: die hochstämmigen, die Stöcke, die Bäumchen, die Stauden, alle in Blüte. Sie ließ im Orte melden, daß sie in etwa einer Stunde Glückwünsche zu ihrer bestandenen Prüfung entgegennehmen würde. Sie wußte, daß im Kurpark und in den Hotels manche Wetten veranstaltet, aber nicht zustande gekommen waren, weil alle dasselbe wetteten: daß sie durchfallen würde.
Von nun an wurde sie von einem wahren Furor des Chauffierens erfaßt. War es nicht wie ein Hochzeithalten mit der Luft, die man durchstrich, mit den Elementen, dem Himmel, der Erde? ein Mitnehmen, ein Zurücklassen aller Dinge? ein Riesenflirt mit der Natur? Es trieb sie übermächtig, kreuz und quer das Land zu befahren, es sich anzusehen. Im Herbst besaß sie – halb erschlichen, halb erworben – einen kleinen Ford. Sie ließ – als wäre es für immer – außen einen Gepäckhalter anbringen, im Inneren einen Spiegel, eine Uhr einfügen; sie stattete ihn mit Kissen, ledernen und seidenen, aus. Um Plaketten des heili-

gen Christophorus brauchte sie nicht zu sorgen. Sie erhielt deren eine Anzahl in allen Dimensionen von ihren besorgten Freunden.

Die Saison war vorüber. Ein Taxichauffeur bot ihr seine Begleitung an. Reparaturen könne sie nicht vornehmen, eine verrußte Zündkerze oder einen Pneu nicht auswechseln, er aber habe eine Schwester in Berlin, die er gerne besuchen möchte. Vom Zurückfahren sagte er nichts. Sie wurden handelseinig. Aber halbe Tage wich Aminta nicht vom Steuer. Und daher stammte ihre große Kenntnis der Vororte so vieler Städte, großer, mittlerer und kleiner, die ihr jetzt auf dem Arlberg vorschwebten und die alle gleich waren, ob sie einer schönen Stadt wie Hameln oder einer häßlichen wie Halle angehörten. Sie, die oft Pech hatte, mit ihrem Auto hatte sie ein Vierteljahr hindurch ein ausgemachtes Glück. Mitten in voller Fahrt brach einmal eine Achse, an der vereisten Stelle eines Passes drehte sich eines Abends der Wagen im Kreise herum, der Sturm riß eine Wagentüre heraus, doch Unfälle gab es nie.

Als sie wieder nach Hause kam, war schon der Winter eingezogen, ihre Wiese verschneit, der Berg, an den ihr kleines Grundstück anstieg, im Trauerkleide des Nebels. Ihre Rosen waren niedergelegt, die Stauden gedeckt. 1932 lief dem Ende zu. Auch der Januar 1933. Am 5. Februar hatte sie noch im Kölner Rundfunk zu sprechen. Sie nahm den Zug. War sie von allen Göttern verlassen, daß sie hinfuhr? Sie hatte viele Mißgeschicke, aber sie war nicht verlassen. In Köln gewährte sie sich Zeit. Wieder und wieder kehrte sie in das Wallraf-Museum wie in eine Herberge ein, um ihre Blicke auf gewisse weltabgewandte Bilder zu heften, die ganz Seele, ganz Klarheit waren. Sie erkannte jetzt, was sie unwiderstehlich getrieben hatte, in die Städte einzudringen, in die schwer verträumten Wälder des Harzes, in die Gegend um Maria Laach, wie von Engeln gezeichnet, und ihren in sich gekehrten See zu betrachten. Abschiedsfahrten waren es gewesen. Daher ihr Wagen. In einer Garage überwinterte er jetzt. Die Leidenschaft für ihn stand nicht mehr im Vordergrunde. Ein Reif war darüber gefallen.

Man schrieb den 15. Februar, und auch er dunkelte schon, als Aminta wieder ihr Haus betrat. Sie war entschlossen, es zu verlassen. Ein Ring der Kälte nicht nur, auch des Grauens umgab es jetzt. Morgen schon wollte sie zur Stadt fahren, zur Bank, ihren Wagen verkaufen mit der eingebauten Uhr, ihren Hund unterbringen; eine Sache von wenigen Tagen. Sie trat ein. Unter ihrer angehäuften Post befand sich ein Brief, dessen Handschrift sie nicht kannte. Er stammte von einem Manne, den sie ein einziges Mal gesehen hatte. Sie scheine nicht zu ahnen, was vor sich ginge, noch was sich bereite, schrieb er ihr. Ihre unvorsichtigen Äußerungen waren ihm zu Ohren gekommen. Und er nannte ihr den Ort und die Daten. Sie lagen eine Woche zurück.

O Kollegialität. Edle, duftendste Blüte am Baume menschlicher Beziehungen! Unvorsichtig, fürchtete Aminta, würde sie immer bleiben. Sie war es immer gewesen, konnte sie ihre Natur noch ändern?! Ihre Hände zitterten. Sie verging vor Angst. Es war zu spät, den Nachtzug zu erreichen. Sie legte sich nicht schlafen, sie packte nicht aus. Bei Morgengrauen trat sie wieder vor ihre Tür. Sie sah geradeaus, sie wandte sich nicht um, nicht nach ihrem Garten, nicht nach ihrem Hunde, nicht nach dem Häuschen noch dem Berge, an dem es lehnte und den sie an jenem Junitage so triumphierend hinabgefahren war.

*

Kitzbühel im Scheine eines frühen Nachmittags. Unbewegte Stunde des Unbeteiligtseins. Völlig von ihr betäubt, sah Aminta den Fahnen zu, wie sie im Winde – einem Drei-Uhr-nachmittags-Winde – schlugen. Dem Herrn in der Reisemütze, der sich Gedanken machte über seine Braut, schien die Sonne schon lange ins Gesicht. Er ließ es geschehen, denn hier entstieg er dem Zug, auf den jetzt eine Dame zusteuerte, gefolgt von ebenso raffinierten wie praktischen Gepäckstücken. Sie trug, oder besser er trug sie, einen weiten Mantel mit vielen ausgeklügelten Taschen; alle waren zugeknöpft. Das Gesicht war hübsch, das Haar gelockt, die Wangen vor Vergnügen leicht gebläht. Diese Dame setzte sich Aminta gegenüber.
»Mary!« rief Aminta.
Ein kurzer Schrei hin und her war die Begrüßungsformel, wenn sich die beiden nach einem oder zwei oder gar vier Jahren auf eine Woche zusammentaten. Es entspann sich alsbald jener besondere Rhythmus, der allen ihren Trennungen widerstand. Von ihrem Leben erzählten sie sich so gut wie gar nichts. Sie hätten nicht gewußt, wo anfangen. Das eine war verzwirbelt, das andere verzwickt, sie mußten sehen, wie sie damit fertig wurden. Und für den Augenblick schien es ihnen, als käme nicht allzuviel darauf an. Wieder kam Schloß Werfen wie ein Jubelstoß ins Himmelblau, mit seiner mitten in unsere Tage geretteten Romantik. Gemurmel des Wassers, Berge und die kurzen Brücken, die an Gastein anklingen, und dann fuhr man auf die Ebene los mit dem einzigen Hügel: Salzburg.

UND WIEDER SALZBURG 1935

Sie bezogen ihre Parterrezimmer des vergangenen Jahres. »Du hast einen neuen Schlafrock«, sagte Aminta gekränkt. Bei ihr war es noch der graue mit den Silberfäden; doch trug er jetzt der Quere nach einige violette Streifen. Sie stachen nicht übel ab. Immerhin war es Tinte.
Am nächsten Morgen gingen sie in das Festspielhaus. Auch Mary – durch die Erfahrungen des vergangenen Sommers gewitzigt – hatte sich wieder für die wichtigsten Darbietungen vorgesehen. Sie lebte in der Tschechoslowakei, Aminta in Paris, und entsprechend weit, wie sie voneinander lebten, waren auch ihre Plätze voneinander entfernt. Die Ungeduld, die sie gerade für dieses Konzert hergetrieben hatte, war wohlberaten. Selbst die erlesensten Festspiele kennen natürlich ihre Auf und Nieder. Es waltet ein heller oder trüber Stern, in außerordentlichen Fällen ein ganzes Sternbild über dieser oder jener Vorstellung. Die Möglichkeiten eines Orchesters sind bedingt, die Fähigkeiten des Hörers besten Falles begrenzt. Ein Mitschwingen aller vorhandenen Kräfte, ja aus den fernsten Enden des Saales hergetragen, ein Stimmen wie nochmals von geisterhaften Instrumenten, dem Flügelrausch der Seele des Komponisten, und über dieses Unisono hin wie ein Zepter, nicht mehr ein Stab – solche Feste sind in ihrer Unnennbarkeit und Andacht gewiß vergleichbar nur mit den Eleusinischen Mysterien. Dieser Art war das Konzert des 15. August; sein Höhepunkt Mozarts ›g-Moll-Symphonie‹, auf ihre innerste Substanz zurückgeführt. Man horchte wie versteinert. Es war die Enthüllung eines Geheimnisses, und Toscanini übertraf sich mit dieser Wie-

dergabe selbst. Es ist mit den wenigen ganz großen Kapellmeistern, die der Welt beschieden waren, seltsam bestellt. Man kann nur von jenen reden, die man öfters hörte. Nikisch oder Mahler einmal vernommen zu haben, Klemperer einmal nur als Opern-Dirigent, heißt höchstens, etwas von ihnen vermuten, nicht, sie kennen. Mottl war größer als Levi. Aber ihre Höhepunkte lagen auf verschiedenen Gebieten. Gluck dünkte Levi veraltet. Dabei geschah es, als er einst die ›Iphigenie in Tauris‹ dirigierte, daß seine eigene Ergriffenheit an einer Stelle des Duetts zwischen Orest und Pylades den Zuhörer bis zur Trance hinriß. Ein Zeuge erzählte Mottl davon. Dieser setzte ihn eines Abends, da er selbst jene Oper dirigierte, in die erste Parkettreihe. Bei der betreffenden Stelle drehte er sich nach ihm um: »War es dasselbe?« fragte sein Blick. Nein, es war nicht mehr dasselbe. Lag es an der Interpretation? lag es am Zuhörer? Wahrscheinlich an beiden.

Mottl dirigierte einmal in München die neun Symphonien Beethovens. »Alle waren wunderschön«, sagte ihm einer nach der ›Neunten‹, »... nur die ›Fünfte‹ ...«, meinte er zage.

»Die kann i net«, sagte Mottl. Nein, sie lag ihm nicht.

Als ›Tristan‹-Dirigent war er unerreicht. Denkt man aber zurück, so ist es eine Vorstellung im Münchner Prinzregenten-Theater, welche die anderen um vieles überstrahlt, die wie aus einem göttlichen Füllhorn sich ergoß; es wehte ein himmlischer Sturmwind über die Bühne. Diesen Grad von Vollkommenheit erlebte man kein zweites Mal.

Dasselbe gilt von einer gewissen Aufführung des ›Figaro‹ unter Mottl. Sie stellte die anderen in den Schatten. Es gibt ein Kulminieren der Fähigkeiten des Kapellmeisters. Sie ist weiße Magie.

Eigentümlich, daß der große Wagner-Dirigent auch ein großer Mozart-Dirigent ist; daß hier Affinitäten der Linienführung bestehen.
Richard Strauß konnte ein wenig aufreizend sein, wenn er etwas gelangweilt zum Podium schritt und den Stab schwang, als wollte er dem Publikum bedeuten: »Für euch langt's.« Aber eine Haydn-Symphonie, die er vor dem Kriege einmal in der Tonhalle gab – und eine Aufführung von ›Così fan tutte‹ nach dem Kriege im Münchener Residenz-Theater! Wer, der sie hörte, vergäße sie je?
Imponderabilien der Magie. Und ›sechse äffen, sieben treffen‹. Es gibt auch in der Musik – bei Weber wie bei Verdi und anderen – das Sensationelle, die Überraschung, den Stoß. So die Attacke von Toscaninis großem Paradepferd ›Les Vêpres Siciliennes‹. Die Ewigkeitsmomente aber: sie waren seine Wiedergabe eines Abends in Berlin von ›Tod und Verklärung‹ und der ›g-Moll-Symphonie‹ des heutigen Morgens; gänzlich verrauscht war dagegen schon die Ouvertüre, die ihr vorausging: ›La Scala di Seta‹.
Mary und Aminta hatten sich nach dem Konzert im Peterskeller verabredet, zu Leberknödelsuppe und Muskateller. Ziemlich erschöpft schwangen sie große Salzbrezeln dazu. Von dort zogen sie in die Laube des Cafés Tomaselli mit dem Blick auf den Platz und den Brunnen vor der Apotheke, dann an Höfen vorbei und durch Gassen, die noch keine Warenhäuser entstehen sahen, wo noch Schilder hängen von dereinst und das Gasthaus ›Zur Blauen Gans‹ sich auftut. Froh schlägt einem ja das Herz angesichts der Salzburger Bauten, es labt sich an den Fenstern, sei's der Paläste, des Rathauses, das an der Brücke gebietet, sei's der schlichtesten Fassaden. Was diese Fenster angeht, darf gewiß von einem verlorengegangenen

Reiz ihrer Scheiben, ihrer Einfassungen und Einschalungen die Rede sein, wie der Torbogen und Gitter. Und der Inschriften gar. Wie roh nehmen sich oft die neuen Lettern verglichen mit den früheren aus! Wie der Schein einer Wachskerze zur unverhüllten Birne in einer Gerichtsstube. So streunten die beiden heim. Musik wollten sie heute keine mehr hören. Es lag ihnen nicht viel daran, viel, geschweige denn alles hier mitzumachen. Fische beim Steinlechner wollten sie essen und machten sich am späten Nachmittag auf. Sie gingen zu Fuß, wie getragen vom Sonnenschein und jener leichten Euphorie, die einen in Salzburg überkommt. Ein Festtag ist sein ganzer Umkreis.

Kinder armer Leute spielten am Wasser, das an den Garten grenzt, ein wunderschöner Knabe, der sich sehr gerade hielt, war ihr Anführer. Lange schaute ihnen Aminta zu. »Hier wollen wir nächsten Sommer wohnen!« rief Mary und wandte sich dem Hause zu, die Zimmer zu besichtigen. Zweifelnd sah die andere sie gehen. War es nicht schon erstaunlich, daß sie auch dieses Jahr sich wieder getroffen hatten? Aber Mary plante gerne. Eine Dynamik trieb sie zu Entschlüssen, von welchen sich nur die Hälfte ausführen ließ.

Als es dunkelte, zogen Windlichter an den Tischen auf; sie waren alle im Freien gedeckt. Gott, wie gemütlich! und Mary nannte das Zusammensein ihren ›geistigen honey-moon‹. Aminta schüttelte den Kopf: »Zu lang«, sagte sie.

»Also dann ›unser Katholikentag‹«, sagte Mary.

Sie stießen an, sie lachten. Sie vertrugen sich gut. Wenn sie auseinandergingen, schrieb Mary die ersten drei Tage vier bis fünf Briefe, dann verstummte sie völlig, und Aminta schien ihr aus dem Sinn, bis sie ihr wieder vor

Augen war. Mary konsumierte viele Menschen und vorwiegend solche, die denkbar schlecht zu ihr paßten.
»Komm, laß uns den Augenblick genießen«, sagte Aminta, die sich heute über alles freute, über den Staub der Landstraße sogar; wie lange war er nicht über ihren Schuhen gelegen! Sie lebte jetzt in der Stadt, von Jahr zu Jahr. Und welch ein Luxus, früh schlafen zu gehen, wenn man den ganzen Arlberg im Leibe hatte, mit einem Buch der Länge nach dazuliegen. Mary machte sich noch an ihrem Schreibtisch zu schaffen – er stand bei ihr, Aminta wollte keinen in ihrem Zimmer sehen: »Mir aus den Augen!« hatte sie gesagt. Lange schimmerte noch Licht am Boden und durch die Ritzen von Marys Tür. Dennoch waren ihre Nächte länger, weil sie später aufzustehen pflegte. Sie war noch nicht recht munter, als Aminta zum Ausgehen bereit am nächsten Morgen bei ihr einbrach: »Wo ist mein Speer, mein Spieß, mein Wurfgeschoß?« und sie griff nach der Tasche mit dem schweren Bügel aus Nickel, der auf Marys Sofa geblieben war. »Auf dem Pressebureau wird es heuer nur einen Kleinkrieg geben, aber die Briefe von den Redakteuren will ich doch abgeben.«
»Oh, da komm' ich aber mit«, rief Mary.
Es war schönes Wetter, wie tags zuvor. Das metallische und frische Rauschen des Flusses drang des Nachts durch das Haus. Außer Hörweite war es ja vom Café Bazar, das am selben Ufer seine umlärmten Tische aufgeschlagen hielt. Dort traf sich das ›tout Salzburg‹ der Festspielzeiten mit einer Gier sich zu begegnen, als ob mehrmalige Zusammentreffen am selben Tage und am selben Abend nicht unvermeidlich wären. Trotz der noch frühen Stunde herrschte, als die Freundinnen vorüberkamen, schon ein Gedränge, Telephongeklingel, ein Ausrufen von Namen bis auf die Gasse heraus, Stimmengewirr, ein Hin und

Her ohne Unterlaß von Kaffeetassen und Wassergläsern, von Begrüßungen und von Verabredungen, von blonden Damen, wer weiß wie alt, frisch onduliert, den Hals massiert und dennoch faltig, die Hände manikürt und dennoch knochig, die Figur krampfhaft schlank und dennoch ungelenk; ein großes Dennoch über sie verhängt, in grausamem Kontrast zur jungen Blässe der ungeschminkten und ungeschnürten Wessely, die gerade des Weges kam.
Indessen waltete, umgeben von einem Stab junger Leute, getreulich wie immer, der statiöse Herr seines Amtes. Zu ihm stiegen Aminta und Mary die vielen Stufen hinauf. Mit einem Lächeln von aufgesetzter Bitterkeit und Ironie las er die Briefe, die Aminta ihm reichte.
»Sie kommen heute, am 16. August«, sagte er, »wo alles längst ausverkauft ist.«
»Es ist nie alles ausverkauft«, gab sie zurück. Aber sie war heute nicht in Form. Wissen wir je im voraus, was uns zusetzen wird? An diesem so heiter begonnenen Morgen war es die ›Danse Macabre‹ vom Café Bazar, es war der Anblick des Tintenfisches im blauen Janker. Gnädig breitet sich ja die Jugend über die Mängel, die Laster oder die Niedertracht eines Menschen aus. Eines Tages aber fällt sie von ihm, er steht verraten und verkauft: ganz und gar kündet ihn seine Erscheinung, und er sieht genau aus, wie er ist.
»Ich möchte«, sagte Aminta, »je zwei Karten für die Kirchenkonzerte, den ›Faust‹, die ›Entführung‹ und eventuell . . .«
»Eventuell! . . .« unterbrach er sie und blickte zum Himmel. »Nun, so geben Sie, was noch da ist, damit wir die Redakteure nicht desavouieren.«
Es war jetzt an ihr, sich ein Lächeln zu leisten, indem sie ein mageres Päckchen entgegennahm; die Klammer faßte

es leicht. Es waren je zwei Karten für die Kirchenkonzerte, eine für die ›Entführung‹ und nichts für den ›Faust‹.
»Schön«, sagte Aminta.
»Kommen Sie ein anderes Mal doch wirklich früher.«
»Ja, wer weiß, ein Jahr ist lang, nicht wahr?«
»Es war diesmal gar nicht lustig«, sagte sie zu Mary auf der Stiege.
»Du hattest kein Publikum; es war niemand im Saal. Ich glaube, es ist wirklich alles weg.«
»Was macht es uns. Dein Billett für die ›Entführung‹ hast du; in den ›Faust‹ kommen wir sowieso.«
Mary begab sich zum Coiffeur, ihre Locken aufzubügeln. Aminta, die keine Locken besaß, ging nach Hause.
Vor dem Gitter aber sah sie einen weißen Reisewagen stehen. Drin saß in weißen Staubmänteln ein Ehepaar aus Neuilly s/Seine, langjährige Freunde Amintas, die in der Pariser Kunstwelt eine Rolle spielten. Sie waren nur gekommen, mit Max Reinhardt zu konferieren und wollten schon am nächsten Morgen nach Venedig weiterfahren. So hatte man bei ihm vereinbart, allesamt in den ›Faust‹ zu gehen und anschließend in Leopoldskron zu essen.
»Wir tafeln heute gegen Morgengrauen«, sagte Aminta zu Mary, als diese nach Verlauf einiger Stunden tatenbereit ins Zimmer trat. »Das ist etwas für eine Eule wie du. Nun werde aber auch ich«, seufzte sie, »zum Coiffeur gehen müssen. Nur im Tode ist Ruh.«
»Es ist besser, man lebt«, sagte Mary, »wer weiß, was für Sekkaturen einen im Jenseits erwarten, aber mach schnell, du ahnst nicht, wie es heute zugeht.«
Trotz des Zudranges wurde Aminta in der Frisierstube sehr herzlich begrüßt. »Das ist aber schön, daß Frau Gräfin heuer wieder nach Salzburg gekommen sind.«
Entsetzt blickte sich Aminta um. Sie hatte sich, was sie

nie müde wurde zu erzählen, ohne Narkose das Trommelfell durchstoßen lassen, aber hier dasitzen, wer weiß wie lang, ein vergilbtes Modejournal nach dem anderen fingernd, nein, da fuhr sie aus der Haut. Und war sie eine Gräfin, um sich zu gedulden, wie andere Leute auch, bis die Reihe endlich an sie kam? Nimmermehr! Einer Eingebung folgend, wandte sie sich direkt an die Besitzerin.
»Im Vertrauen«, flüsterte sie ihr zu, »es handelt sich um einen Notfall, mein Mann ist eben angekommen und wartet auf mich im Hotel. Sie wissen, bei mir geht es ja schnell, nehmen Sie mich vor.«
»Aber Frau Gräfin, das ist ja unmöglich. Der Herr Graf sind doch gewiß für längere Zeit gekommen.«
»Das ist es ja. Er muß noch heute abend nach Venedig.«
»Wir haben heute viele Damen zu betupfen wegen dem Ball im Casino«, wisperte jetzt auch die Inhaberin.
»Da ginge es zwischendrin... Fräulein Dirigl!«
Fräulein Dirigl und Aminta schlüpften in Kabine neun.
Es ist nie alles ausverkauft.
Fünfundzwanzig Minuten später telephonierte Aminta an Mary. »Willst du mich gleich bei Tomaselli treffen?«
»Ja, ich hab' es mir gedacht, daß du heut nicht mehr drankommst.«
»Ich bin schon fertig.«
Lachend saßen beide in der Laube angesichts des Platzes mit dem Brunnen, rechts der Dom, darüber die Festung und das Gebirge. Und Sonnenschein, Sonnenschein!
Sie sahen dann von der ersten Parkettreihe aus die Wessely ihren weiten Weg über die Bühne kommen, so leichten Ganges und so schicksalbehangen, sie hörten ihre rührende Stimme: »Mein Herz ist schwer«, sie blieben, bis Helene Thimig gesprochen hatte, und gingen dann heim. Denn alles in allem war es ein langer Tag.

Das weiße Auto sollte um zwölf Uhr vorfahren, es wurde eins; sie standen am Fenster, Mary en cheveux, Aminta im Hut. Fräulein Dirigl, immer zur Eile angeregt, hatte nur flüchtige Arbeit geleistet. Und es regnete. Um das Warten kam Aminta heute doch nicht. Aber endlich ertönte doch das ersehnte Tuten, und man zog wie zu einer mitternächtlichen Hochzeit nach Leopoldskron.
Riesengroß leuchtete das Schloß am Ende der Allee, türmte es sich über seine Bäume. Und wieder einmal betrat man diese Halle, stieg diese Treppe hinan. Was für Ferien, sie allein, welche Erlösung vom Alltag! –
Es wurde halb drei Uhr oder mehr, ehe man sich in den Speisesaal begab. Er ist nicht eben groß. Mary sah ihn zum erstenmal. Sie waren nicht die einzigen Geladenen, es saßen auch noch andere Nachtvögel um den Tisch. Zwischen Mary und Aminta hing ein Dichter seinen Gedanken nach. Mary war vollauf beschäftigt. Sie hatte nur Augen für die Wände, den Ofen, die Möbel, die Farben, die Lüster, die Appliquen. Außer einer schönen Dame aus der Nachbarschaft war noch ein Filmmagnat zugegen und ein gewichtiger Impresario. Alles Interesse aber richtete sich auf die Gastgeber: ein gemagerter Max Reinhardt; Schnee der Jahreszeit, wie auf den Bergen, den Wanderstab in seinen Händen und neuen Bahnen unter dem Sternenhimmel zugekehrt; Helene Thimig, die, seitdem sie zu uns die Worte Iphigeniens sprach, unzertrennlich in der Erinnerung ist von ihnen – heute in ihrem Zenit ein Bild der Verzichte und der Selbstentäußerung; und beide Opfer eines Regimes. Wir sagen nicht mehr. Muß man von ihnen nicht mit der Zurückhaltung reden, welche sie üben? Dem Vollzogenen, wie den Elementen gegenüber, lassen sie sich zu keinem müßigen Wort herab. Nicht einmal den Fluten der Bitterkeit gewährend, geschweige denn

aufwühlenden Rückblicken, nervenaufreibenden Ressentiments. Dies alles verschmähen sie. Für das Unproduktive und Zeitraubende, es ist wahr, besaß Reinhardt nie ein Organ. Mit dem Einstudieren dagegen verbrachte er und verbringt er sein ganzes Leben. Aber völlig uneinstudiert ist hier ein bei Vorgängen Nicht-verweilen-Mögen, und dies wunderbare Schloß stellt in der Tat den gemäßen Rahmen zur instinktiven Noblesse einer solchen Haltung. Es gibt heute Menschen, es gibt Züge, an die nur zu denken tröstlich ist und uns aufrichtet. Steht da nicht vornean im fernen Moskau der alte Stanislawsky?

Es wurde ziemlich schnell serviert in Leopoldskron. Der bejahrte Diener, ein Erbstück des kaiserlichen Wien, wachte voll stiller Energie auf das Innehalten höfischer Tafelsitten. Das Licht, das von den Wänden fiel, der Abglanz von all dem verblichenen Gold und Grün, hob auch die Gesichter, die Stirnen, die Schläfen zu festlicher Glätte. Die benachbarte schöne Dame in heller Sommergaze kannte man nicht anders als still und dem Spiel ihrer großen und ein wenig unglücklichen Augen gewährend. Ihre Gegenwart war fühlbar genug; es bedurfte nicht mehr. Der Filmmagnat und der Impresario markierten beim Sprechen wie Primadonnen, wenn sie während der Probe singen; so würden auch sie erst wirklich loslegen, wenn sie als letzte zurückblieben, um ernsthaft, das heißt geschäftlich zu reden. Mary, tadellos gelockt, wandte voll Teilnahme bald hierher, bald dorthin den reizvollen Kopf, aber mehr als ein »ja gewiß« oder »nein« oder »wie schön« hörte man auch nicht von ihr. Dem Dichter war es recht; er dachte an sein Glück. Die taten sich leicht!

So oblagen alle Spesen den Gastgebern und dem Ehepaar aus Neuilly s/Seine, von Aminta sekundiert. Wie gerne wäre auch sie an den Gesprächen unbeteiligt und vom

Zauber eingelullt geblieben, der nicht nur dies palastartige Schloß, seine weiten Säle und seine ungezählten, teils hohen, teils niedrigen, teils schmalen, teils breiten Zimmer, Gänge und Vorplätze, die in seine Mauern wie eingelassene Kapelle, sondern seinen ganzen Umkreis einbezog. So wirkte das Wissen um den Park mit seinen Fabeltieren, um die Gärten, um die Hecken, um die Wege, um den See, um die Wiesen, hinter welchen so unerwartet und vereinsamt das Freilichttheater steht, von Putten umgeben, auf eine leicht betäubende Weise an diesem Zauber mit. Daher klang denn alles recht hektisch, was Aminta vorbrachte, und entsprach weder dem, was sie dachte, noch dem, was sie sagen wollte. Sie war froh, als, kaum die Höhe eines kleinen Fingers bemessend, schmelzend, riesengroß und hochherrschaftlich über die Maßen, der Apfelkuchen aufzog. Ihm folgten die Pfirsiche und Trauben; dann öffnete der bejahrte Diener die Flügeltüren des kleinen Saales, und man begab sich in die Bibliothek, deren Proportionen und deren Stimmung die ihres Vorbildes in St. Gallen wiedergeben. Hier reichte der alte Diener mit grandezza den Mokka, es blitzte das Silber des Tabletts, der Dose, der Kanne und Kännchen, und hier saß man noch lange beisammen. Der Dichter hatte sich zum Hausherrn gesetzt, und es wurde jetzt vorwiegend deutsch gesprochen. Reinhardt hielt den Kopf in die Hand gestützt; er äußerte sich mit großer Bewunderung über die französische Schauspielkunst. Kein Schatten von Müdigkeit ging von ihm aus. Legte er sich überhaupt je schlafen? Mary bewahrte ihr munteres Schweigen. Filmmagnat und Impresario blieben zurück, als die anderen endlich aufbrachen. In der Halle wartete der bejahrte Diener, um ihnen die Mäntel anzulegen. Verzaubert auch er? im Banne einer Donaumonarchie, am Traume weiterspinnend eines k. k. Österreich-Ungarn. Es tagte, als der Reisewagen nach der Stadt zurückfuhr. Grau die Kuppeln, die Festung, die Ufer, nur die Salzach schon gelichtet. Die Parterrezimmer noch dunkel. Wenn Mary nach Hause kam, gleichviel um welche Stunde, pflegten ihre redseligen Momente einzusetzen und sie war dann wach wie ein Zeisig. Wenig Stunden aber blieben heute bis zum Vormittagskonzert. So entschwand sie mit einem »Wie war das schön!«, und sehr bald erloschen die hellen Ritzen an ihrer Tür.

Aminta, mit sich selber unzufrieden, fand den Schlaf nicht so schnell. Sie mußte erst Mut fassen und es wieder aufnehmen mit dem eigenen Ich. Wo steht, daß man nur einmal lebt? Viel zu wenig erschöpft doch ein einziges Dasein von der vielgestaltigen Welt und viel zu wenig Sonnenaufgänge fallen ihm zu. In neuer und verbesserter Auflage gedachte sie diese seligen Wölkchen, die ihm voranliefen, solche Himmel, den frischen Hauch der Flüsse in der ersten Frühe, die schwefelgelben Reflexe ihrer Wellen zu genießen.

Es war erst der dritte Tag ihres diesjährigen Aufenthaltes, doch schien es Mary, als sei es lange her, daß sie Ungarn, Aminta, daß sie Paris verlassen und an der Gare de l'Est den Umtausch ihrer Fahrkarte durchgesetzt hatte. Punkt 11 Uhr saßen sie in der Stiftskirche zu St. Peter, wo Mozarts ›c-Moll-Messe‹ in eindrucksvoller Weise aufgeführt wurde. Freilich hatte die ganze Veranstaltung einen etwas lutherischen Beigeschmack; man saß mit seinen Programmen und aufgeschlagenen Noten wie mit Gesangbüchern in einem Betsaal da. Eine Messe ohne Messe ist halt keine Messe. Sie ist wie ein Empfang, bei dem die Gastgeber fehlen, eine kalte Herberge, ein Baldachin ohne Gerüst. Waltet hier eine Rücksichtnahme auf die internationalen Festspielgäste, die vielen Anders- und Nichtgläubigen unter ihnen vor? – Schön! – Auch wir wollen uns zur Erörterung des strittigen Punktes einer streng ›fremdenindustriellen‹ Ausdrucksweise befleißigen. Und da eben fragt es sich, ob das Interesse nicht größer, der Eindruck auf das Publikum nicht mächtiger, vor allem ob die ›Frequenz‹ nicht erhöht wäre, wenn – statt solcher Konzertmessen, die sich zwar eines regen Zulaufes erfreuen, aber doch nicht ausverkauft zu sein pflegen – die Messe zu der auf sie geschriebenen nicht gestrichen, sondern zelebriert würde. Salzburg ist nun einmal eine typisch katholische Stadt, doch einen musischen und gänzlich unpfäffischen Geist rufen die Kuppeln und Türme und das Glockengetön ihrer Kirchen und diese selber aus! Die zu den Franziskanern zum Beispiel, mit den feinen Säulen, die so beschaulich wie in einem Walde zusammenstehen, und dem berückenden Mischmasch ihrer Stile, auch des galanten; oder die Kollegienkirche mit den zwei gleichsam sonoren Fenstern über dem Hochaltar, die der Meister mit solchem Glück in die Mauern seines Baues riß. Wolken eines Himmels, aus weißem Marmor und gestrahltem Golde streben zu diesen herrlichen und frohlockenden Fenstern an wie aufgetan nach einer besseren Welt. Welch eine Stätte für eine mit aller Würde, allem Pomp, wie mit dem Aufgebot bester Instrumentisten und Solisten abzuhaltende ›Missa solemnis‹.

Am Abend sang Stabile den ›Falstaff‹, und Toscanini dirigierte: so völlig in seinem Element, daß Augenblicke waren, wo man nicht mehr wußte, trug er die Musik oder sie ihn; die Aufführung wie aus einem Guß; Hingerissenheit in der Luft.

»Haben wir's gut!«, sagte Mary beglückt, als sie in der Pause zufällig mit Aminta zusammenstieß; und sie setzten sich abseits. Jede eine Kaffeetasse auf den Knien, nahmen sie die Parade der hin und her wogenden Menge ab. Nicht lange und sie kamen ins Lachen. Es gibt ja heute genug Leute, die im Sommer nicht mehr nach Salzburg kommen, weil es, wie sie sagen, das Stelldichein zu vieler Snobs geworden ist. Heißt das nicht mit Snobismus dem Snobismus auftrumpfen, daß man sich von ihm anfechten ließ und sich ins eigene Fleisch schnitt ihm zu Ehren? Frisch von Cherbourg gelandet, weder schön noch jung, mit ausgeleierten Mundwinkeln und ungeheuer präpotent, zog eine Spitzenausgabe der Plutokratie einher. Mittags nur von ›lettuce‹ sich nährend, das ganze Jahr hindurch fröstelnd, so daß sie den Pelz nie ablegte; in den Hundstagen trug sie einen federleichten, um so kostbarer nur. Sie war so dollarstolz, daß sie die Kosten eines Separateinganges ›for rich people only‹ nicht gescheut hätte.
Ein Herr im Smoking ging freudig erregt auf sie zu. Jetzt war alles gut! Er wußte, wie den Abend im Theater – im voraus schon vergessen – würdig beschließen: in solcher Gesellschaft nämlich, am reservierten Tisch im Casino, dann zu Jazzklängen tanzend oder ein Spielchen wagend. Wenn schon.
Auch sehr feine Leute sah man vorübergehen, deren Züge das Merkmal einer hohen Bildung trugen und deren Schlankheit, sofern sie schlank waren, eine natürliche der Linien, keine durch Salat erpreßte war. Sie hatten nichts anderes im Sinn, als daß der zweite Akt bald beginnen würde.
»Zu schade«, rief Mary auf dem Heimweg, »daß wir morgen früh nach Ischl müssen.«
»Wir müssen gar nichts«, sagte Aminta, »und ich lasse

mir von meinem Weekfull nichts abzwicken. Wenn's nur für einen Tag wäre, aber gleich für die Nacht.«
Mary jedoch ließ sich von ihren Entschlüssen nicht abhalten. Aminta kannte das. Sie blieben noch lange auf. Kühl und metallisch rauschte der Fluß zu den Parterrefenstern herein; Mary packte, und Aminta sah ihr voll Bewunderung zu. Niemand machte ihr das nach. Ihre Handkoffer waren für ein schnelles Ausbrechen wunderbar organisiert. Ihr Schreibtisch war ein vollgedrängtes Feldlager, doch immer alles am Platz. Das Wort Eile, das Wort vergessen gab es für sie nicht. Gemessenheit und Flinkheit; nach diesen Gesetzen war sie angetreten. Am Morgen war sie weg. ›Hoffentlich langweilt sie sich recht‹, dachte Aminta.

EINSAMER SONNTAG IN SALZBURG

»Unendliche Ferne der Blumenwelt«
Novalis

Die Vorbereitungen zu einem Wochenendausflug waren ihrer Meinung nach nicht viel weniger strapaziös als die für eine weite Reise, allein es war nicht der einzige Grund ihres Zurückbleibens. Sie hatte ein Buch, das Mary gehörte, in Angriff genommen; es mitzunehmen, kam nicht in Frage, denn 800 Seiten stark und steinschwer, hätte es alle ihre Kleider zerdrückt. Es waren die Briefe von D. H. Lawrence, und sie wollte sie in Salzburg zu Ende lesen, um so mehr, als sie die Romane dieses weltberühmten Mannes nicht leiden konnte. Wirklich entzückt war sie nur von ein paar Kindergeschichten gewesen. Seine Anschauungen aber dünkten sie unglaublich kurzatmig und verbaut, und es ging ihm hierin wie allen Doktrinären: sie sind als solche humorlos und verbohrt. War er hinter dem Weihnachtsfest her und wies er gerne darauf hin, daß es Zeit sei, einen anderen Geburtstag zu feiern, so schwebten ihm dabei seine eigenen Lehren vor, die er am liebsten zu einem Kult erhoben hätte.
Ein Vogel, der weder fliegen noch singen konnte, war die Beziehung zwischen den Geschlechtern. Bei seiner völligen Unkenntnis der Dame, die schließlich seit Jahrtausenden ein Begriff ist, neigte er zu einer geradezu prähistorischen Auffassung der Frau. Hier zog er alles über einen Leisten. Es war seine unzureichende Seite.
Diese Briefe aber! – welcher Glanz lag über seiner Persönlichkeit. Nein, seine Gedankenwelt war nicht freigelegt, doch was für Geniestreiche auch dort. Unterschei-

dungsgabe, Scharfsinn, blitzartige Aperçus! Wie viele Politiker kannten sich in der Psychologie der Nationen aus wie er! Mit welch dichterischer Zartheit fühlte er sich in die Seele des Kindes ein. Kurz, welch feinnerviger, leidensfähiger und zugleich kosmischer Mensch! Niemand hat sein Bild in so endgültiger und leuchtender Weise gezeichnet wie René Schickele in seinem Buch: ›Liebe und Ärgernis des D. H. Lawrence‹.

Aminta las, mit hochgezogenen Knien auf dem Diwan liegend, Brief um Brief. Erst als die Nachbarskinder im Garten zu lärmen anfingen, klappte sie das Buch zu und blickte auf. War sie nach Salzburg gekommen, um es mit Wälzern aufzunehmen?

Vollergrüntes Laub reichte fast bis zu den Fenstern, und je nachdem der Wind es bewegte oder nicht, teilten sich goldene Kringeln an der Wand, wurden eins und lösten sich wieder im melancholischen, unheimlich stillen Hin und Her. – Ein Wort: alte Sonne, stieg da in ihr auf, und urplötzlich befiel sie jener cafard de chambre meublée, von dem es heißt: Alle Mann an Bord, um gegen die Sturzwelle anzukämpfen, die manchen schon so hart hinschlug, daß er nicht mehr aufstand. Das Leben ist kurz, 24 Stunden aber können den Schein unübersehbarer Dauer annehmen. Alte Sonne? Sie streifte jetzt auch, wer weiß wie schön, die Waldwege um Ischl . . .Alte Sonne . . . Aber der Spleen, ob er auch seine Fühler bis zur Eiszeit ausstrecken wollte, war einfach der, daß Aminta nicht wußte, was bis zum Montagabend anfangen. Mary, deren Abreise sie unvorbereitet getroffen hatte, war zwar ausbalanciert wie jene zeltartigen, auf Elefanten gehißten Tragsessel, hinter deren seidenen Behängen die verschleierte Schöne so sicher und geborgen dahinzieht. Laßt aber einen Sandsturm sich erheben . . . Ein wenig ähnlich verhielt es sich mit Marys Geruhsamkeit: man durfte immer auf irgendeinen Umschlag gefaßt sein; unversehens, schnell wie eine Windsbraut riß sie aus, und Aminta war da ein ganz anderes Pferd. Denn vom Pferde hatten sie beide etwas, daher ihr wortloses Einvernehmen, daher dieselbe Sprache, die sie redeten, obwohl fast immer getrennt voneinander lebend.

Es war drei Uhr. Sollte sie auf die Festung? die Aussicht genießen?... Im Mirabellgarten war sie ebenso schön. Die Höhe tut's nicht allein. Doch alles besser, als zu Hause bleiben.

Kein Mensch in den Straßen. Das tout Salzburg war ausgeflogen: zu den Seen, auf den Gaisberg, nach Steiermark. Sogar das Café Bazar stand heute verhältnismäßig leer. In den Hotels atmete das Personal von dem fortwährenden Geklingel der Gäste auf. Manche kamen vor morgen, ja vor übermorgen nicht zurück.

Im Mirabellgarten war es noch zu heiß; vor dem Restaurant aber breiteten die Bäume viel Schatten aus. Aminta bestellte einen Filtre. Er gehörte mit zu den Mann an Bord, belebt die Geister, läßt den Pulsschlag minder schlapp zurück. Nur wenig Leute an den Tischen. Das ›internationale Festspielpublikum‹ pflegte ohnedies sich hier nicht nachmittags, sondern mittags oder abends einzufinden. Aus aller Herren Länder, ja gewiß, war es zusammengesetzt. Und es wandelte zum großen Teil auf den sogenannten Höhen des Daseins. Bot es infolgedessen ein erfreulicheres Bild als das eines üblichen Theaterpublikums? Mitnichten! Aminta mußte an den reizenden Dialog denken, der sich vor ein paar Jahren zugetragen hatte. Es war auf einer Altane angesichts des Schweizer Hochgebirges: eine cocktailnippende Engländerin im riesengroßen schwarzen Tüllhut, schief aufgesteckt, wie es der Jahrgang erfor-

derte. Sie saß mit einem Landsmann, der aus einer kurzen Pfeife rauchte und wunderbar aussah. Ihm war schon vieles recht egal, er regte sich nicht mehr über die Dinge auf; er kannte sie zu gut.
Aber die Dame war noch jung und neugierig, stellte noch viele Fragen und wollte alles wissen. Am Nebentisch nahm eine sehr slawisch aussehende Familie Platz. Doch das bemerkenswerte Zwiegespräch, das sich entspann, läßt sich nur im Original wiedergeben.
»Do you like Russians?« sagte sie.
»No«, sagte er.
»The Germans?«
»No«, sagte er.
»The Italians?«
Er schüttelte den Kopf.
»The French?«
»No«, sagte er.
»Oh, you only like the English«, meinte sie.
»I don't«, sagte er.
»It's the Irish then?«
»By no means«, sagte er.
»But whom do you like?« rief sie.
Da setzte er seine Pfeife ab und sagte:
»I like my friends.«
Was für prachtvolle Typen gab es doch in jedem Volke. Mit ihnen freilich begann auch schon der Abstieg, immer langsam, auf Myriaden Stufen bis hin zu jener anderen Internationale: der Kindsmißhandlerin und des Gents mit der Leiche im Koffer.

*

Lässigen Ganges, sehr schwarzen und ›betupften‹ Haares, wie die Friseurin es genannt hätte, und schon recht

pensionsreif zogen jetzt ganze drei Zigeuner auf und begannen ihr kontraktlich ausbedungenes Teekonzert. Das grelle Spiel, lahm und windig zugleich, hörte sich wohl besser von weitem an, und Aminta begab sich in den anstoßenden Garten. Er lag noch im prallen Sonnenschein, flach und baumlos ließ er den Ausblick auf eine holde und heroische Landschaft völlig frei. Die vielen Beete, niedrig gezogen, leuchteten in spätsommerlichen Farben: Dahlien in jedem Rot, ockergelbe, violette, purpurne Zinnien in toller Fülle. Aber kein Schlagen noch Rufen, kein Quellen mehr neuer Säfte. Eine Atempause, ein Verweilen? ... ›Ihr schönen Blumen‹, dachte Aminta, ›werdet andere sein im nächsten Jahr. Unsereiner sitzt in der Falle seines Ichs ohne andere Urlaubsbewilligung als die des Schlafs. Ob es ihm auch ein solches Labsal wäre, mit anderen Augen als den seinen um sich zu sehen, ein anderes Gesicht zum Himmel heben zu dürfen for a change?‹
Mary war ihr eingefallen, die leicht ins Englische verfiel.
Zeitig kündet sich in Salzburg der Herbst. Das kommt von den Seen ringsumher. Unlust des Abends senkte sich mit seinen Schatten und seiner Kühle auf Aminta herab. Am besten sie gewann wieder einen Vorsprung mit den Briefen von D. H. Lawrence.
Aber sie brauchte eine Weile, um das Haustor zu öffnen. Mary pflegte das zu übernehmen, sie war immer so geschickt. In den Parterrezimmern dunkelte es schon. Mit hochgezogenen Knien, im Schein der Lampe, nahm sie ihre Lektüre wieder auf. Die Kinder im Garten hatten ausgetobt. Die Bewohner des Hauses waren ausgeflogen. Bedienung fehlte am Sonntag. So herrschte eine tiefe, gleichsam aufgelegte Stille, die erfüllt war vom Rauschen der Salzach wie in der Nacht. Da ging leise die Tür auf.
»Mary!« rief Aminta.

»I could not face them«, sagte sie.
»Aber wie kommst du her?«
»Es bot sich zur Rückfahrt eine so herrliche Gelegenheit, daß ich sie gleich beim Schopfe nahm. Zum Glück treffe ich dich noch an. Gehen wir jetzt schlemmen.«
Aminta warf das Buch auf den Tisch. Sie fuhren zur Festung hinauf. Die blau verdämmernde, dann beleuchtete Stadt lag ihnen zu Füßen. Schwarz nur der Fluß, der sie durchzog.
»Und wie hast du deinen Tag verbracht?«
»Es war ganz schön, jetzt, wo's vorbei ist«, sagte Aminta. Sie aßen Forellen aus dem Grundlsee und Palatschinken. Sie tranken Muskateller zu den Palatschinken.
»Er steigt gleich zu Kopf«, wendete Mary ein.
»Soll er«, sagte Aminta, und sie schlug vor, im Galoppschritt den Rückweg anzutreten, denn im Bergheruntergehen war sie groß.

Von jetzt ab ging es wieder hoch her in Salzburg. Und von neuem stand ein Auto nicht nur vor dem Gitter, sondern im Hofe garagiert. Marys achtzehnjähriger Sohn Toschi war angekommen. In seinen Ansichten noch ein rechtes Kind, hatte er etwas vom Charme der Mutter. Aminta, die ohnehin nicht gern diskutierte, kam sehr gut mit ihm aus. Sie hatte Gastein noch nicht gesehen, und kurz entschlossen machte man sich auf. Toschi chauffierte wie der Wind, es war aber schon nachmittags, und abends wurde ›Die Entführung aus dem Serail‹ gegeben. Dennoch galt es, heute oder nie, Gastein zu sehen. Toschi fuhr morgen nach dem Attersee und kam erst wieder, um seine Mutter nach Ungarn zu bringen. So wagte man es. – Gastein sei häßlich, erklärte Aminta auf den ersten Blick, teils weil sie auf die Rückkehr schon so bedacht war, teils weil sie sich nicht eingestehen wollte, wie sehr auf den ersten Blick der Ort sie fesselte, den man doch im Fluge nur besuchen konnte, grau in grau, ein umgestürzter Wolkenkratzer in Schächten aufgestuft, unheimlich und anheimelnd zugleich, in dem man sich geborgen fühlte und zugleich bedroht. Beklemmend und befreiend zugleich war auch dieser graue Wasserfall, der nicht zwischen Fichten und Tannen, sondern komfortablen Hotels abstürzte und dessen wilder Schall die Gassen erfüllte, in welchen Laden sich an Laden drängte, Blumen, Bücher, Lederwaren in den Schaufenstern prangten. Aufblickend sah Aminta einen blauen Himmel, oder besser gesagt einen Himmelsstreifen, dessen Bläue aber nicht aufkam gegen so viel Grau. Alles mächtig, alles grau, alles Schutz und Trutz in einem Atem. Grau auch die Regentropfen, welche das Pflaster streiften. Alles spannend. Mary und Aminta betraten ein ziemlich banales Café und warteten auf Toschi. Denn wo war er? Da tauchte er auf mit einem Geschenk für Mary und Ansichtskarten für sich, die noch geschrieben werden mußten an die Titty und an die Totty und den Seppl. Es ging auf fünf. Die Hoffnung, rechtzeitig in die Oper zu kommen, erblaßte. Und was hatte man schon von dieser interessanten und dämmerigen Stätte gesehen? Diese eine Gasse nur. Und wo war Toschi schon wieder? Die Ungeduld, das Bedauern, von hier aufzubrechen, diese dunkle Luft unter einem lichten Firmament, die eine Sehnsucht stillte, man wußte nicht welche, diese Kontraste, dieser Widerstreit verdichteten sich zu einer Art von Traumzustand. Da fuhr Toschi im weißen Staubmantel, eine Zigarette zwischen den Jünglingszähnen, in seinem Auto vor. Es war mehr ein Voltigieren, als sei es ein gefedertes Zeug, und mit jener spielerischen Eleganz, welche den Frauen am Steuer versagt ist. Und jetzt flog man aus den Felsenwänden heraus, die Landstraße entlang. Man hielt vor dem Festspielhaus eine halbe Minute vor Beginn der Vorstellung. So war Toschi. Es gab noch Karten. Er empfahl sich aber; er kam nicht mit. »Nichts für mich«, sagte er.

Entführung

Amintas Platz lag wieder sehr weit von dem Marys entfernt, und der statiöse Herr hatte sich bewährt, indem er ihr einen in der zweiten Parkettreihe anwies, gerade heute, wo sie die Vorgänge im Orchester mit doppelter Aufmerksamkeit zu verfolgen gedachte, ahnte sie doch, daß jene Gründe, welche ihr Bruno Walter entfremdeten, hier wegfallen würden. Daß er für so viele gerade als das gilt, was er nicht ist, als der Mozart-Interpret par excellence, schien ihr eine folgenschwere Sache, da eine ganze Schule daraus hervorgehen kann, die einen mißverständlichen Mozart in Umlauf brächte. So schien es Aminta.
Der berühmte Opern-Dirigent, so schien es ihr, der jedes Werk, das er auf die Bühne brachte, mit so großer Sorgfalt herausholte und so trefflich einstudierte, zudem auf seiner Palette so schöne Farben hatte – man brauchte nur an seine ›Oberon‹-Ouverture zu denken –, entfaltete seine Gaben in der romantischen wie in der italienischen Musik mit besonderem Glanz. Als ein Meister des Kolorits, ein Liebhaber des Details, des Filigranierens, der Orchester à partés. Was ihm abging, so schien ihr, war der Bogen, die weite Atemführung, die ungebrochene Linie, die eine Wiedergabe des ›Siegfried-Idylls‹ wie des ›Tristan‹ sowohl wie des ›Figaro‹ verlangen, wohl besaß er alle Hingabe der Welt, aber nicht alle Zurückhaltung im Af-

fekt. Für die Interpretation Wagners und besonders Mozarts ist die Gefahr: hier ein Loch, dort ein Stoß, manches Mal ein zur Unzeit sich geltend machender Schmelz. Es hat sich, wie gesagt, gezeigt, daß der große Wagner-Dirigent auch der große Mozart-Dirigent ist. Beide verlangen jenes strenge Innehalten der Distanz, über welche Bruno Walter hinwegzuschreiten neigt. Wir denken an seine ›Don-Juan‹-Ouverture. Es fehlten ihr jene Mozartischen Umrisse, die sich schon mit dem ›Idomeneo‹ künden, der einheitliche Guß. ›Es fehlt diesem Dirigenten‹, dachte Aminta, ›der klassische Zug, die klassische Ruhe.‹ Aber dies alles, dies manchmal zu Mosaikhafte oder Abgerissene, fiel weg oder war nicht fühlbar in seiner ›Entführung aus dem Serail‹. Wie Beethoven seine ›Frühlingssonate‹, so hat Mozart seine Frühlingsoper geschrieben. Den Gesetzen, nach welchen sie sich entspann, ihrer Jugendfrische, ihrer Jugendmelancholie, ihrem Duft, ihrem rührenden Zauber leistete der Dirigent in der schönsten und anmutigsten Weise Genüge; mit ungeminderter Freude gab man sich dem Genusse des Werkes hin. Charles Kullmann – darstellerisch wie gesanglich gleich talentvoll – war ein Belmonte, wie man ihn selten hört. Er ist heute der Besten einer und hat nichts zu fürchten, gerade deshalb wünscht man, daß er Gelegenheit hätte, sich mit Künstlern seines Ranges zu messen. Dieses sommerliche Salzburg wäre die gegebene Plattform für einen edlen Wettstreit, für einen Sängerkrieg. Warum bleibt Patzak dem Turniere fern? Man möchte in Salzburg auch die Feuge, und man möchte auch Klemperer gerne einmal sich erproben sehen.

Die Ausflügler waren alle zurückgekehrt, manche vom Großglockner, andere bis von Venedig her. Auch am Lido war jetzt Hochsaison (daß einem nur nichts entging!), es zeigten sich dort die preisgekrönten Badekostüme des Jahres. Es fanden sich aber unter dem bunten Allerlei genug Leute ein, die rein um der Sache willen gekommen waren. Und auch nach Erholung dürstende Minister, ja Staatsoberhäupter, Potentaten sogar, im strengsten Inkognito: ›Meinen Namen sollt ihr nie erfahren: ich bin der Kaiser Joseph!‹ Die Salzburger sind jedoch keine Gaffer; natürlich schauen sie in Scharen vor Beginn der Vorstellungen der Ankunft all der Festspielgäste zu, nicht aber umstehen sie, wie andernorts, die Hotels, in welchen Berühmtheiten abgestiegen sind. Unter ihnen befand sich auch der feine, aber gestrenge François Mauriac, der in eloquenten Artikeln den Salzburgern einzuschärfen sucht, daß sie nicht Deutsche sind. »Mozart, dont la musique divine rappelle à chaque instant aux Autrichiens qu'ils ne sont pas des Allemands.« So einfach liegt die Sache wirklich nicht. Erstens ist hier doch Mozarts eigene Ansicht ausschlaggebend, und er pochte stets auf sein Deutschtum – seine Mutter war aus St. Gilgen in Österreich, die Mozart aber waren Augsburger, also Schwaben. Zweitens: Wer ist heute deutsch? Wie verhält es sich mit dem, was deutsche Werte sind – etwas anderes kommt für Mozart nicht in Betracht: ist ihrer der zufällige Inhaber eines Passes teilhaft, oder wer die deutsche Sprache meistert, wer zu deren Geist und Horizonten – wes Landes er auch sei – eine Beziehung hat. Denn auch ihren Ungeist, ein Revolverblattdeutsch, ein Wirtshausdeutsch gibt's. Eines Tages wird ja die Rechnung stimmen. Was verfängt unsere Ungeduld wider die endliche Entwicklung aller Dinge?

Das Wetter blieb, bis auf kleine Schwankungen, schön. Man tafelte im Freien, wo es nur anging. In zahlreicher Gesellschaft aßen da auch Mary und Aminta im Mirabell zu Mittag (sprich Lunch). Mary sprach wenig, wie gewöhnlich; ihre Art, den Kopf bald den einen, bald den anderen Gästen zuzuwenden, wie ihr Lachen gewannen wieder alle Herzen. Durch die Zweige schien ein weißliches Sonnenlicht, ein wenig herbstlich verspielt, doppelt heiter, da doch noch Sommer war. Unter immer neuen Verstärkungen gaben sich, Brust heraus, die Spatzen zwischen den gedeckten Tischen zu tun; alle voll besetzt. Aminta erkannte den, an welchem sie jüngst mit Hilfe des Filtre ihren Cafard bekämpft hatte, der seine Fühler bis zur Eiszeit ausstreckte. War sie das gewesen, die heute so Frohgestimmte? Auch in diesem Heute war ein Element der Wiederkehr, aber hoffnungsreich, von einer betäubenden Tröstlichkeit, von unfaßbaren Weiten getragen. Was klang nicht alles an von leichtem, lächelndem Vergessen, das noch ein Erinnern war. Was modulierte nicht, was mischte sich nicht, was entnahm das Herz nicht alles der holden Luft dieser Stunde? ein bleibendes Moment in dem, was vergänglich, ja was vergangen war.

Und alles nur, weil man geradeswegs aus einem Konzert von Toscanini kam und für den morgigen Abend einer Aufführung des ›Don Giovanni‹ entgegensah? Man schrieb den 22. August.

Das Programm des Toscanini-Konzertes war folgendes gewesen: Händels ›Concerto grosso Nr. 12‹, die ›Reformations-Symphonie‹ von Mendelssohn, ›Nuages et Fêtes‹ von Debussy. Zum Schluß, als ein wahres Phänomen der Wiedergabe: das ›Siegfried-Idyll‹.

Es war die Erfüllung eines Traums. Der Traum des Komponisten. Persönlich, entpersönlicht schwebte sein Atem in die Luft des Saales. Es war der Geist, vor dessen Licht der Alltag zerrinnt. Was Wunder, daß eine heimliche Beglückung den ganzen Tag über in der Seele des Zuhörers anhielt.

Ein abnehmender Mond jedoch hing über dem ›Don Giovanni‹ dieses Jahres. Mary und Aminta hätten gewitzigter sein und hätten wissen sollen, daß Eindrücke, wie die Aufführung jenes Abends vom 25. August 1934, in der alle Mitwirkenden sich übertroffen hatten, einmalig waren. Mit Recht hatte sich der Ruhm dieser Aufführungen über die zivilisierte Welt verbreitet.

Allein nicht ihnen, sondern denen des ›Falstaff‹ und des ›Fidelio‹ waren heuer die Sterne hold.

Nordisch war dieser ›Fidelio‹ Toscaninis keineswegs. Auch der Beethovens ist es nicht. In allen Sprachen gleich unmittelbar, feiert das sublime Werk die Gattenliebe, den Typ der edlen und todesmutigen Frau. Auf andere Seelenregister übertragen, niemals übersetzt, rückte er hier in ein südliches Licht.

Als ein göttliches Element entfesselte sich die Ouverture, ein Strom von Gold riß die Zuhörer mit, enthob sie der Bürde ihres täglichen Lebens, daß nicht mehr viel von ihrem Ichbewußtsein blieb. Welches Orchester! Vor seinen unvergleichlichen Leistungen hatten die Sänger, wie immer trefflich, einen schweren Stand. Herzlich lernten wir Lotte Lehmann bewundern; und es zieht sie, ihren eigenen Äußerungen nach, auf den Fechtboden hinauf. Um wieviel interessanter wird dadurch ein Sängerinnendasein, wieviel länger und wieviel reicher zieht es sich hinaus. Auch sie also würde sich gerne mit der Feuge aus München wie mit der Rautawaara aus Glyndebourne in Salzburg messen. Ach, die Woche war jetzt zu Ende! In dem grasigen, von vielen Bäumen beschatteten Hof, der mehr einem Garten glich, nahm Toschis weißes Auto wieder seinen Stand, und Mary befaßte sich mit ihrem

großen Gepäck. Dem stieren Blick, mit welchem Aminta ihren Kleiderkasten ins Auge faßte, vermochte Sybil nicht zu widerstehen. Sie packte statt ihrer. Aminta, auf dem Diwan liegend, las indessen die Lawrence-Briefe zu Ende, und froh, den Wälzer nicht mitnehmen zu müssen, legte sie ihn dann zu Marys Sachen hinüber. »Ich gäbe was drum«, sagte sie, »wenn wir in das concert-surprise von morgen vormittag noch hineinkämen.« Mit demselben Programm wie das vom 22. August, war es zu wohltätigen Zwecken in letzter Stunde eingeschaltet worden.
»Man muß Schluß machen können«, seufzte Mary.
»Freilich. Freilich. Es ist ja auch schon ausverkauft. Aber noch einmal das ›Siegfried-Idyll‹, so wie neulich, um es dann nie wieder zu hören.«
Veder Napoli e partire. »Täläfon!« schallte es durch die Etage. Es war Francesco. Er hatte zwei Karten, die er Aminta anbot.
Ein Triumphschrei war die Antwort. Manchmal, nicht oft, nahmen die Mächte des Schicksals, von welchem sie so viel gepufft und gestoßen wurde, sich ihrer an und rüsteten ihr, manchmal, nicht oft, einen Feiertag.
»Nicht oft, nicht oft«, summte sie vor sich hin.
»Was ist nicht oft?« fragte Mary.
»Du sagst mir auch nicht alles. Warum bist du neulich nach Ischl gefahren?«
»Warum hast du mich nicht gefragt?«
Die andere wurde immer sprunghafter in ihrer Freude. »Aus eitel Takt«, sagte sie. »In München war einmal ein uditore an der Nuntiatur, der immerzu wiederholte: ›J'ai du tact, mon prédécesseur n'avait pas de tact‹, so lang, bis man ihn abberief. Kurz und gut, wir reisen erst übermorgen!« Die Türe öffnete sich. Sybil hatte sie mit dem Knie aufgestoßen. Sie hielt ein Teebrett und schwang es

wie eine Fruchtschale in der Luft. »Tea and Toast«, verkündete sie.

Das Konzert fand nicht, wie gewöhnlich, im Festspielhaus, sondern im Theater statt. Dorthin strebten am nächsten Vormittag die vielen Menschen über Stiegen und Gänge den Türen des Saales zu, alle mehr oder minder mit dem Bewußtsein, Privilegierte des Tages zu sein; Gezeichnete, aber des Glücks.

Und sehr bald begriff man, daß es den Dirigenten hatte reizen müssen, mit einem solchen Orchester, mit Leuten, die so auf ihn eingespielt waren, dasselbe Programm noch einmal zu spielen; wohl wissend, daß es möglich war, was der Zuhörer sich nicht hatte vorstellen können, jetzt aber durch die Erfahrung erkennen lernte: daß dieses zweite Konzert das erste weit überstrahlte. Dies galt vor allem für das ›Siegfried-Idyll‹. Es war wieder der Höhepunkt. Aminta, die in der ersten Parkettreihe einen leeren Platz erspäht hatte, schlängelte sich während der Pause zu ihm vor. Sie wollte keinen Strich, keinen Atemzug dieser Musik verlieren. Es war einem, als sei alles gut; als löse sich alles in Licht, als sei die Bosheit zu Ende. Mit ihr, mit all den eingebildeten Notwendigkeiten des Krieges, des Haders, der Politik, hingen auch die grausamen Zufälle unserer Leben zusammen. Sie waren Folgeerscheinungen. Bedingt war alle Qual.

Dem Applaus und den jubelnden Zurufen entzog sich der Dirigent, sobald es anging. Er dankte, bedeutete den Musikern, daß ein Teil des Dankes ihnen zukam, sie hatten sich erhoben, um gleichfalls zu danken, und packten dann ihre Instrumente zusammen. Aminta blieb auf ihrem Platze, bis die Menge sich verlief, die Stauung vor den Ausgängen nachließ. Was eilte? Es war schön hier. Etwas von der sprühenden Luft, von dem geistigen Weihrauch lagerte noch über dem Saal. Langsam leerte er sich. Da bemerkte sie, daß auf dem Podium einer der Musiker zurückgeblieben war. Er hielt noch die Geige in der Hand und rührte sich nicht. Keiner, der an erster, sondern einer, der an zweiter oder dritter Stelle spielte. Aminta trat an die Rampe und flüsterte ihm etwas zu. Er nickte, lächelte freundlich, doch ohne etwas zu erwidern, und rührte sich nicht. Da bemerkte sie, daß sein Gesicht über und über mit Schweiß bedeckt war, ja man kann sagen, er troff von Schweiß. Er war vollkommen verausgabt. Als sie sich am Ausgang nach ihm umwandte, hatte er sich von seiner Erschöpfung nicht aufgerafft und saß noch immer unbeweglich da. Ja, das war ein anderer Schweiß als der, welchen uns die Kino-Wochenschau und die Actualités an den Sportlern, den Fußballspielern, Radlern usw. darbieten, wenn keuchend und haarig der nacktarmige Sieger im quergestreiften Tricot sich vernehmen läßt, daß man sich unwillkürlich fragt, ob die Braut, die ihn so sieht, es sich nicht doch noch einmal überlegt.

*

Nun aber hieß es scheiden.

Toschi führte die Freundinnen nach Maria Plain, dazu war gerade noch Zeit, ehe man Aminta zu ihrem Arlbergzug brachte und sich dann selber aufmachte, um Wien noch heute zu erreichen.

Der Morgen war sonnig und schwül, nur fegte manchmal ein barscher Wind seufzend um eine Straßenecke. Aber sommerlich still hielten sich die Bäume des schönen Wallfahrtsortes, der reich an Erinnerungen von seiner Höhe herabsieht ins Land. Kein welkes Blatt im Laub. Föhnlicht im Tal.

Zu Mittag aßen die drei am Bahnhof. Bunt ging es dort

zu. Internationales Festspielpublikum in partenza. Aus Sentimentalität bestellte Aminta Salzburger Nockerln. Der Zug war überfüllt. Dennoch hatte Toschi ihr einen Fensterplatz gesichert. Denn so war Toschi. »Adieu Mary, vergiß nicht, daß du geschworen hast, nächstes Jahr wiederzukommen.«

Mary hob zwei Finger nach oben: »Nichts soll mich abhalten!«

Lauter als der Zug rauschte bei der Ausfahrt Regen hernieder. Der Untersberg neigte seine Spitze vornüber. Wolken umgürteten ihn. Schönes, gefährdetes Österreich, noch einmal Gott befohlen!

Innerhalb der nächsten Woche schrieb Mary dreimal. Dann fand sie den Antrieb nicht mehr und verstummte völlig. Der erste Brief war fünf, der zweite vier, der dritte zwölf Seiten lang. Sie waren voller Pläne für den künftigen Sommer und nannten die Salzburger Tage ›the essence of life‹. Niemand war aufrichtiger als Mary. Dennoch seufzte Aminta, als sie ihre Worte las. Es gibt Menschen, die man lassen, andere, die man nehmen muß, wie sie sind; und Mary war keine, die mit dem Kopf durch die Wand rannte. Mit dem Kopf durch die Wand rennen, das tat Aminta.

SALZBURG 1936

Elf Monate ließ Mary nichts von sich hören. Im Juli schickte sie ein Programm der Salzburger Festspiele ein; vom 20. August an waren sie rot angemerkt. Wollte man sich da treffen? »Einverstanden«, erwiderte Aminta. Daraufhin legte sich wieder Nebel und Waldesschweigen über die Beziehung. Anfang August fragte Aminta ihrerseits an, ob die Verabredung noch hielte. »Ja, ja«, telegraphierte Mary. Nur könne es sein, daß sie zwei Tage später einträfe. ›Sie macht sich nicht los‹, dachte Aminta und traf ihre Vorkehrungen. Auch in den Redaktionen sprach sie wieder vor wegen Aufträgen, welchen zufolge sie auf ihre Weise ... Man bezeigte ihr um so mehr Entgegenkommen, als diese ihre Weise darin bestand, daß sie niemals eine Zeile eingesandt, mithin zu keinerlei Carambolagen mit ›unserem offiziellen Berichterstatter‹ Anlaß gegeben hatte. Und wenn ihr daraufhin die Salzburger maßgebenden Stellen immer noch Pressekarten bewilligten, so war das nicht Sache der Redaktion. »Laßt mich nur machen«, sagte Aminta.

Aber in Kitzbühel stieg Mary nicht ein, und in Salzburg stand sie nicht an der Bahn. Von den Parterrezimmern war nur das Amintas in Bereitschaft. Nicht länger würde sie von dem einen in das andere fegen können. Auch von ferne zeigte sich Mary rührend um sie bedacht, doch was halfen die Telegramme und Briefe, die jetzt von ihr vorlagen; sie selber fehlte. Auch Sybil, stets hilfsbereit und heuer sogar im Dirndlkostüm, zeigte sich weniger heiter. Sie wußte, es würde diesmal nicht so lustig hergehen wie sonst.

Aber Mary oder nicht Mary. Aminta war von vornherein entschlossen gewesen, wieder nach Salzburg zu kommen. Von weither hatte sie sich aufgemacht, um nach vielen Jahren wieder eine Wagner-Oper anzuhören. Es trieb sie unwiderstehlich, mit den ›Meistersingern‹ unter Toscanini ihre Eindrücke von einst zu erproben. Dies galt's. Weder nach ›Don Giovanni‹, noch nach ›Falstaff‹, noch nach ›Fidelio‹ stand ihr heuer der Sinn. Freilich: sie wußte schon, daß dieser Salzburger Aufenthalt nicht unter so glücklichen Auspizien verlaufen würde wie die Aufenthalte der vergangenen Jahre. Allerlei Zeichen kündeten es ihr und schichteten sich zuhauf. In allerlei Gängen würde sie zu fechten haben und das Florett kaum beiseite legen dürfen wider die Gebilde in der Luft. Schon allein die Reise: welche Mühsal sie war! Wie andere Leute Milchtage, so schaltete sich Aminta hin und wieder einen Schweigetag ein, und nichts eignete sich dafür besser, als eine zwölfstündige Eisenbahnfahrt. Doch beim Einsteigen, beim Umsteigen, im Speisesaal, oder wenn sie nur den Kopf an einer Haltestelle zum Fenster hinausstreckte, hatte dies schon eine Begegnung, Wiedererkennungsszenen, Begrüßungsformeln zur Folge. Bei ihrem ersten Ausgang auf dem Weg zum Pressebureau am nächsten Morgen, noch ehe sie an dem heftiger denn je umtosten Café Bazar vorbeikam – die Tische standen jetzt hart bis zu der, wie Polgar witzig geschrieben hatte, »mit Recht schäumenden Salzach« vorgerückt –, vertraten ihr Freunde und Bekannte den Weg. Um so einsilbiger stand sie dem statiösen Herrn gegenüber, nickte nur, als er ihr das Datum vorhielt, an dem sie wiederkam. Man schrieb den 21. August. Sie verlangte je zwei Karten für ›Così fan tutte‹ und das ›Requiem‹. Er reichte sie ihr. Sie zog ab. Es war Mittag. Sie aß eine Knödelsuppe im Gasthof

›Zur Blauen Gans‹. Dort wohnte Stoisy, die Rheinländerin; eine Frau von Geschmack. Sie ließ einen Zettel für sie zurück: »Komm mit mir in ›Così fan tutte‹.« Dann suchte sie, über die untere Brücke ziehend, ihr Parterrezimmer auf und schloß sich ein.
Sie mußte sich sammeln: das Hauptgefecht stand noch aus. Zwar hatte sie in Paris vor ihrer Abreise einen Platz für die ›Meistersinger‹ erstanden, aber zu spät, zu eilig. Furcht beschlich sie, als sie ihn auf dem Plan des Theaters herausfand. Er stak zu oberst auf der Galerie, wo man sämtliche Reihen der Zuhörer und den ganzen Saal inhalieren mußte. An Ort und Stelle, tröstete sie sich, würde man ihr gewiß einen besseren zu Füßen legen. Wagner stand ja gar nicht im Mittelpunkt des Interesses. Doch der hilfsbereite Page des Österreichischen Hofes, mit dem sie als erstem in Verbindung trat, versprach: für alle Aufführungen noch Karten zu verschaffen, nur für die ›Meistersinger‹ sei es gänzlich aussichtslos. Für die ›Meistersinger‹, hieß es an der Tageskasse, sei der Saal bis in alle Ritzen ausverkauft. Da wandte sie sich in beweglichen Worten an die höchste Instanz. Von ihr erhielt sie den Morgen darauf einen Platz für das Konzert vom 28. angetragen (so lange gedachte sie gar nicht zu bleiben). – »Was ist mit den ›Meistersingern‹?« fragte sie telephonisch an.
Für die ›Meistersinger‹ sei mit dem besten Willen nichts zu machen.
»Nichts?« sagte sie tonlos.
Nichts als ein Stehplatz, den mute man ihr nicht zu.
Sie überlegte kurz: mit einem Stehplatz konnte man besser als mit einem schlechten Sitzplatz manövrieren.
»Ich nehme ihn«, sagte sie, ging ihn holen und schenkte den ihren weg.

Der Nachmittag war schon vorgeschritten. Sie legte ihre Rüstung an. Hauptbestandteil war ein Feldstühlchen, von Sybil herbeigeschafft, ein weiter Mantel, es zu verbergen, und ihr Reisekissen: ein pompöses Stück für eine Aussteuer, nach einem amerikanischen Modell; Aminta hatte es bei einer Freundin bewundert, die es für sie kopieren ließ. Eine Daunenfüllung in gelbem Taft bildete die Grundlage. Dann kam eine erste Hülle aus goldfarbenem Brokat, die zweite – das Kopfkissen – aus besticktem weißem Batist; die dritte – der Trumpf – aus dunkelblauem Moiré, mit lichtem Atlas gefüttert und innen reich mit Taschen ausgestattet. Das Wunderwerk hatte jetzt schon den Umfang eines kleinen suitcase, und zwei große Knöpfe schlossen es ab. Wäsche, Toilettengegenstände, sogar ein leichtes Abendkleid, alles, außer Schuhen, konnte man drin unterbringen, trug es bei den schweren, elegant geflochtenen Seidenkordeln am Handgelenk und machte überall Effekt. So fuhr sie zum Festspielhaus. Aber der rotgestreifte Feldstuhl erschwerte ein graziöses Aussteigen, auch hatte sie das Gefühl, daß der seitliche Zuwachs an ihrer Figur nicht unbemerkt blieb. Sie stolperte, der Mantel rutschte, und ihre seltsamen Krücken traten zutage. Gelacht wurde auch. Darüber konnte sie sich keinerlei Illusionen hingeben, auch wenn sie selber ihren Ernst bewahrte, als sei an dem mit Pauken und Trompeten mißglückten Unternehmen noch etwas zu retten. Genötigt, ihre Trophäe abzugeben, bemerkte sie, daß sie ihr Prunkkissen im Wagen vergessen hatte.

Als ein geschlagener Held stieg sie die Treppen hinauf; jetzt blieb ihr nichts übrig, als viele Stunden zu stehen. Schon herrschte auf den Höhen des Hauses eine zünftige Hitze. Schon bezogen dort, in dreifacher Garnitur, die

›Sanitäter‹ ihre Posten, etwaige Ohnmachtskandidaten scharf im Auge behaltend, um sie gegebenenfalls in ihren Armen aufzufangen und nach unten zur fliegenden Station zu geleiten, von wo der diensttuende Arzt sie wahrscheinlich nicht so ohne weiteres auf ihre Plätze wieder hinaufklettern ließ. Aminta kannte die Griffe dieser Herren. Einmal war sie von ihnen aus der Underground am Piccadilly Circus, ein andermal aus der Métro vor der Madeleine an die frische Luft befördert worden. ›Achtung!‹ sagte sie sich.

Rasch und plötzlich betrat der Dirigent den Orchesterraum. Kurzer Applaus. Denn schon hob sich der Stab, teilte die Fluten in dem verdunkelten Saal. Dem Vorspiel, dem ersten Akt, hörte man wie angewurzelt zu. Was trug sie hin? Ja, italienisch; sehr italienisch waren diese Meistersinger. Wie? und? ... hatte der unsere zu viel Schrot in den Schwingen? ein bißchen zu viel Schwere angesetzt? ... Wer sagt es? ... Worauf kam es an? ... und was löste dies Entzücken in den Herzen der Zuhörer aus? – nicht eine Note des Werkes war verstaubt, unvergilbt war sein Gold und unversehrt seine Jugend.

Die Musik spielt mit den Idiomen, sie entlehnt, sie verteilt deren Reize, sie bindet, sie verweilt; ihr Licht legt den Turm von Babel nieder, sein Sprachgewirre löst sie auf, sie ist die Göttin des Friedens und der Menschlichkeit.

Das feinste Verständnis für seine ›Meistersinger‹, schreibt Wagner, sei ihm bei einer kleinen Deputation von Franzosen begegnet, die nach Bayreuth gekommen war. Er selbst schildert uns, welches Erlebnis für ihn eine Aufführung der ›Neunten Symphonie‹ im Pariser Konservatorium unter Habenecks Leitung gewesen ist. Claude Debussy sagte mir einmal von Wagner: »Je l'ai beaucoup aimé.« Wer ihn aber nicht nur beaucoup, sondern vraiment geliebt hat, kommt nicht mehr von ihm ab. Einem solchen Anhänger sind Wagner und Wahnfried sehr weit abliegende Begriffe. Weder läßt er sich durch den schrecklichen Mißbrauch beirren, der mit seinen Werken getrieben wurde, noch durch die fatale Beliebtheit, welcher er zum Opfer fiel: ein Mißverständnis auch sie. Wir wissen, wie schwer ihm gerade gewisse ›Wagnerianer‹ auf die Nerven gingen, wie wenig er ihnen zu sagen hatte, wie er vor ihnen Reißaus nahm, und um wie viel näher so mancher Gegner, der durch ihn gelitten hatte und sich ihm fernhielt, seinem Herzen stand, wie viel interessanter er für ihn war. Aber all dies, noch mehr vielleicht als seine Hungerjahre, gehörte zur Tragik seines Künstlerdaseins.

Aminta war allein mit ihrer Freude. Sie gedachte vorerst nicht, in der zweiten Pause ins Foyer hinunterzugehen, die Galerie hatte sich geleert, Sitzplätze gab es jetzt in unabsehbaren Mengen. Von ihrem Standort aus konnte sie nur unter Verrenkungen und indem sie sich weit vorbeugte, sehen, was auf der Bühne vorging. Übrigens war die Inszenierung auch nicht entfernt im Einklang mit den Darbietungen der Sänger und des Orchesters. Hatte sie aber den besten Hans Sachs der Welt wie das beste Evchen gehört, so war ihr noch an keinem Ort ein Walther Stolzing von so großer Feinheit und so echtem Lyrismus vorgekommen wie der Kullmanns. Es lohnte sich alles Ungemach im Glück dieses Abends!

Doch als sie in der zweiten Pause unter Scharen von Menschen die Treppe hinunterging, waren die rotgepolsterten Bänke, die den Wänden des Erfrischungsraums entlangliefen, schon schwarz von Leuten. Nur am äußersten Ende gewahrte sie eine Lücke und lief hin. Zur Linken saß ihr

eine junge Engländerin mit einer Kaffeetasse in der Hand. »Ich möchte mir auch eine holen«, sprach Aminta sie an, »doch sehe ich Bekannte, und wenn ich es jetzt rechts und links mit Begrüßungen aufnehmen muß, schaffe ich den dritten Akt nicht mehr. Ich zittere.« – »Ich gehe statt Ihrer«, sagte die andere unverweilt. »Halten Sie die Hand vor die Augen, bis ich wiederkomme. – Und nun sehen Sie nur mich an«, sagte sie, als sie ihr die Tasse brachte.
»Da kommen zwei«, flüsterte Aminta.
»Sie dürfen nicht in den Saal schauen. Ich studiere in Oxford«, fuhr sie fort, »dies ist meine erste größere Reise. Ich war noch nie in Zentraleuropa. Es ist ein großes Erlebnis.«
»Wenn man immer dort lebt, merkt man es nicht, aber man hat dann viel Bekannte.« – »Sie selber brauchen nicht zu reden«, entgegnete sie, als habe Aminta dadurch gegen eine Spielregel verstoßen, und immer den Blick gerade auf sie gerichtet, erzählte sie, daß sie vorige Woche zum erstenmal die Swiss Mountains gesehen habe, und von hier nach Wien fahre, und nicht etwa eine Gelehrtenlaufbahn anstrebe, sondern einer Gartenbauschule vorstehen, aber vorher ihre degrees haben wolle. Sie war sehr hübsch. Eine Locke fiel anmutig über ihre weiße Stirn.
»Wie kommen wir hier heraus?« fragte Aminta.
»Ich bringe Sie in den Hof. Dort ist es dunkel und kühl. Ich weiß eine Ecke, wo Sie völlig geborgen wären.«
»Sie kennen hier schon die Schlupfwinkel. Sie sind tüchtig!« sagte Aminta und erhob sich.
Die andere hängte sich in sie ein. Wie zwei unzertrennliche Freundinnen marschierten sie aus dem Saal.
Im Hof war fast niemand. Man unterschied undeutliche Gerüste, etwas wie einen Tanzboden, Bühnenrequisite,

hinter einer Planke einen Sessel. »Hier findet Sie keiner«, sagte das Mädchen aus der Fremde. Aminta wollte danken, da war es schon weg: auf immer. Denn Menschen, die auf so leisen Sohlen unsere Wege kreuzen, sind Schutzgeister, denen man kein zweites Mal begegnet. So viel wußte Aminta. Doch gestärkt zog sie wieder hinauf, als das Zeichen erklang, und stellte sich an ihren Platz. Einleitung, Monolog, Preislied, Quintett stiegen in einer immer heißeren und verbrauchteren Luft. Die Aufmärsche zur Festwiese, der Walzer waren verklungen. Beim langen Schlußgesang Hans Sachsens war ihr von jeher der Atem ausgegangen, ihn konnte sie heute nicht abwarten, nur das Preislied hätte sie gern noch ein letztes Mal gehört. ›Achtung!‹ dachte sie. Denn plötzlich riß da für ihr Ohr wie ein ungeheures Pedal das Orchester zu Boden, als ein einziges Gedröhne. ›Achtung‹, dachte sie, und wankte zur Tür. Sie vermochte gerade noch dem Detektiv abzuwinken: »Ich geh' heim, es ist zu heiß«, hauchte sie. »Ja, heiß ist's« sagte er und trat zurück.
Sie hatte die Treppe für sich allein, Stock für Stock. Aber würde sie hinuntergelangen? Welche Lockung fiel sie da an, kopfüber zu stürzen, ihre halbbetäubten Sinne ganz schwinden zu fühlen, in Vergessenheit zu sinken. Die Musik drang zur Stiege herüber: undeutlich, feindselig, abgetan. War auch sie bedingt und eine Übertragung? Und gab es ein Schweigen, das sie übertönte? Hatte ihr nicht Mottl am Ende einer Saison einmal geschrieben: »Ich kann Ihnen nicht sagen, wie sehr ich die Musik hasse.« Das Wort hasse war dreimal unterstrichen, und war sie selbst es, die einmal gesagt hatte: »La musique doit toujours nous surprendre«?
Sie hielt sich an der Rampe fest und schloß die Augen. Zog es sie denn in den Abgrund? Lechzte sie nicht viel-

mehr nach dem See, dessen Bläue ihr zu Füßen glitzerte, nach einer Straße, die durch Wälder führte, nach allem, was unter freiem Himmel atmete, zu leben also? – frisch wehte es aus dem Hofe, durch die Gänge zu ihr herauf ..., sie stand unten ...

Jetzt war es noch leicht, einen Wagen zu beschaffen. Sie fuhr! Sie blickte zu den Sternen empor. Die Luft war von den Bergen herübergetragen. Wenige Stunden, und es würde tagen. Sie atmete frei. Marys immer neu einsetzenden Triller des Gelächters – falls sie die Affaire mit dem Feldstuhl miterlebt hätte – schlugen an ihr Ohr. Und plötzlich fühlte sie sich recht von ihr im Stich gelassen. Denn wer lacht allein?

Sybil war empört wegen des verlorenen Kissens. Sie hatte schon die Schneiderin berufen, die es kopieren sollte, einmal für sie selbst, einmal als Hochzeitsgeschenk. Sie setzte sich mit allen Taxistellen in Verbindung und ging ins Fundbureau, doch es kam nicht mehr zum Vorschein. Sie fand es befremdend, daß Aminta sich nicht im geringsten umtat. »Ich kann mich nicht«, sagte die, »wegen jedem Gegenstand alterieren, den ich einbüße, ich käme aus der Aufregung nicht heraus.« Den besonderen Grund, warum sie froh war, das Kissen los zu sein, sagte sie nicht. Sie hatte die Frau, die es verfertigte, in ihrer Vertrauensstelle als Jungfer in einem großen Hause gekannt. Furchtsamkeit galt als ihr einziger Fehler. Sie war häßlich und sah dennoch gut aus, so groß war ihr Anstand. Diese furchtsame Frau schlich in einer Novembernacht aus ihrem Zimmer und ging über Abhänge, Wiesen und Stege einen weiten Weg in den Fluß und trieb am Morgen als Leiche zum anderen Ufer. Ihr Tod erregte Entsetzen, Staunen und tiefstes Mitleid. Sie hatte ihre Sachen gepackt und mit Adressen versehen und alle ihre Angelegenheiten in peinlichster Ordnung zurückgelassen; aber auch ein Schreiben an die Behörden des Ortes, das eine schwere Denunziation einer anderen jungen, liebenswürdigen und völlig unschuldigen Hausangestellten enthielt. Der Grund war Eifersucht. Einem Giftmordversuch, da er mißlang und die Urheberin tot war, forschte man nicht mehr nach. Das Kissen war ihre letzte Arbeit gewesen. Mit was für Hintergedanken, finsteren Absichten und Verwünschungen mochte sie sich getragen haben, während sie daran nähte und stichelte! –

Aminta entsetzte sich, als sie die Geschichte erfuhr. Auch vor dem Kissen schauderte ihr jetzt. Es wegschenken, weil es ihr ominös erschien – wäre dies nicht Verrat gewesen? Sie wollte ihre Scheu überwinden und nahm es mit. Doch alles war schiefgegangen auf ihrer Reise und in Salzburg. Sie war froh, nicht zu wissen, wer es sich angeeignet hatte.

Das Beste, was die Festspiele bieten, bewegt sich auf einer solchen Höhe, daß es die Salzburger verpflichtet. Mittelmäßiges erzittert, Minderwertiges wird in Salzburg alsbald zum Skandal.

Jemand hatte Aminta geraten, die ›Oca del Cairo‹ ja nicht zu verfehlen; aber unter Protest verließ sie mittendrin das Theater. Schmerzlich war die Erinnerung eines anderen, ebenfalls ›zusammengetragenen‹ Mozarts an eben dieser Stelle. ›Die grüne Flöte‹ unter Reinhardts Regie. Choreographisch, szenisch, musikalisch mit so viel Geist und Grazie, solcher Vollendung herausgebracht! Hofmannsthal lebte. Er glaubte nicht, daß die Hand des Dirigenten Oskar Fried sich mozartisch beseelt und leicht genug erweisen würde. »Ich glaubte es auch nicht«, sagte Aminta, »aber Sie werden staunen.« Die Ouvertüre, die zärtlichen wie die leidenschaftlichen Andantes, ›Schmet-

terling und Schwertertanz‹, es war alles zum Entzücken. Es ist alles unvergeßlich.
Den Abend darauf hörte sie mit einem deutschen Freund, der am Morgen gekommen war, im Dom eine schöne und sehr würdige Aufführung des ›Requiems‹ von Mozart an. Dann suchten sie nach einem abgelegenen Lokal. Die Ellbogen aufgestützt, erzählten sie einander und saßen später noch lang am Fluß. »Es waren halt doch schöne, wenn auch verlogene Zeiten vor dem Kriege«, meinte er.
»Nein, unschuldig waren sie. Wir ahnten nicht, wieviel Bosheit sich nach außen kehren würde. Hätten wir sonst so viel gelacht?«
»Tegernsee, Mittenwald, die Isar, der Plansee, der Achensee!« – Es war, als würfe er Angeln mit diesen Worten aus.
»Kreuth«, rief sie, »mit den Wäldern überall hin, die Raubvögel darüber, die Hirsche im Herbst...«
»Welche Melodie in den Namen dieser Orte«, sagte er halb vor sich hin. »Sie nur zu nennen... Die Welt ist schön...«
»Aber die Natur... die Menschen aber...«, sagte sie. »Ich war gestern nacht auf einmal alles so leid, daß ich mich hätte erstürzen mögen. Ich weiß, was ich tu, wenn ich einmal tot bin, ich wein' mich fürs erste vierzehn Tage lang aus. Hier kommt man doch nicht dazu.«
»Eine ganz gute Idee«, meinte er. »Während Sie weinen, erstatte ich Bericht. Es geht so nicht weiter auf Erden.«
»Möchten Sie nochmals ins Leben zurück?«
»Nur als Prinzgemahl«, sagte er.
»Ich nur, wenn ich auf der ganzen Linie herrschen dürfte.«
»Gehen wir, es wird kalt.«
»Und Sie fahren morgen zurück?«

»Mit dem frühesten. Wieviel, glauben Sie, schätzungsweise, daß von meinen zehn Mark noch bleibt?«
Sie begleitete ihn ›Zur Blauen Gans‹. Stoisy kam gerade heim und stand unter dem Torbogen. In ihrem Zimmer blieben sie noch lange zu dreien.

›Così fan tutte‹

Der statiöse Herr, spröde in Worten, aber in Taten bewährt, hatte zwei steuerfreie Karten in der zweiten Parkettreihe für Aminta angewiesen, und stolz holte sie Stoisy dazu ab. Gala-Abend des Orchesters war es keiner. Die Gründe für Weingartners morose und unbelebte Miene standen im Morgenblatt, es war vielleicht verdienstvoll, daß er überhaupt dirigierte; denkbar schlecht disponiert, war dennoch Tradition, es war Verlaß. Vor Verstößen durfte man bei ihm sicher sein.
Auch auf der Bühne ging es heute gemischt zu. Bei den Damen konnte nur von Elisabeth Schumann als Despina von wirklicher Kunst die Rede sein. Frau Novotna, die uns in der ›Fledermaus‹ durch ihre Grazie berückte, war hier fehl am Ort, sogar, zu unserer Trauer, ihres Charmes beraubt durch die Unzulänglichkeit ihrer Leistung. Es erhellte wieder einmal, welch ungeheuer strenge Anforderungen Mozart an die Sänger wie an die Darsteller seiner Partien stellt.
Wir lieben heute diese Oper; es ist so echt Mozartisch, es rührt uns, Mozart aus seiner frivolen Rolle fallen zu sehen, und wie es ihn treibt, ein edleres Feuer aus den wankelmütigen Herzen Fiordiligis und Ferrandos zu wekken. Wie immer flüchtig, ein Reflex wahrer Leidenschaft fällt auf die beiden und hebt sie über die Dorabellen und

Guglielmen weit hinaus. Diesen psychologischen Moment brachte Kullmann mit außerordentlicher Feinheit zur Wirkung.

Nachmittag in Leopoldskron

Nun galt es noch, Reinhardts in Leopoldskron zu begrüßen, die sich schon wieder hart vor ihrer Abreise befanden, in Gedanken halb zu Schiffe, vom Atlantischen umbraust, dem Pazifischen zugewandt. Und die Fabeltiere waren tot. Keines warf mehr die schier immateriellen Füßchen gefallsüchtig ins Leere. Verlassen ihr Revier. Man begab sich nicht mehr in diese Gegend des Parkes. Sommernachtsträume ... Immer gleich sich bleibend, dieser um Salzburg so verdiente Schloßherr ohne Bleibe, der nur mehr auf Tage nach Europa kam, fast nie mehr nach Wien, und der in Berlin das Leben der Theater bestimmt hatte.

Aminta wäre tags darauf abgereist, nur ihre Karte für das letzte Vormittagskonzert vom 28. August hielt sie zurück. Es war der 26. Einen tiefen Schritt ins Land hatte der Herbst getan. Er wartete bangen Lichtes auf den ersten Sturm. Die Blätter sah er zur Erde wehen, als hingen sie nur mehr locker wie Federflöckchen den Bäumen an. Tapfer hielten sich noch die Blumen und feuerten ihre Farben im Sonnenschein, aber der ersten Fröste schon gewärtig.

Das Wissen um die Begebenheiten in der Welt, die Hoffnungslosigkeit, drückten auf die Gemüter. Die höllischen Ausstrahlungen des Krieges in Spanien reichten zu den Seen, den Wäldern, in die Festsäle hinein. Wieder einmal hatten sich die Prophetinnen ausgezeichnet, deren Rubrik in gewissen Blättern von Jahresende zu Jahresende sich verlängert. Denn mit Recht äußerte jemand: »Les journaux n'ont pas de mémoire.« Beim Suchen nach einem Brief kramte Aminta nicht diesen, dafür einen Ausschnitt vom Paris-soir hervor. Er trug in dicken Lettern die Aufschrift: »Que sera 1936?«

Es waren die Voraussagungen von zwei Hellseherinnen. Die eine stellte uns der Reporter als »incontestable voyante« vor und pries sichtlich beeindruckt die »courageuse sobriété« ihrer Kundgebungen.

»Il ne se passera rien, pourrais-je dire sans ironie«, faßte sie ihre Schau zusammen, »... non vraiment! il ne se passera rien d'extraordinaire... Entente internationale générale...« Das wäre immerhin etwas gewesen.

Doch wenden wir uns schnell, ehe sie uns entschlüpft, der zweiten Sibylle zu. Sie ist hübsch und jung und aus Ostasien. Trotzdem stehen wir nicht an, sie Mizzi zu nennen: »Belle réputation dans les milieux de la métapsychique.« Star aller Kongresse. In dieser Eigenschaft weilte sie zuletzt in Paris und wurde dort im Dezember 1935 interviewt. »Pas de guerre en Europe«, nimmt sie wahr. »Les régimes se consolident. Rien à signaler pour l'Espagne...«

Der Journalist hat seinen Block hervorgeholt und zeichnet diesen Sehspruch auf. »Très intéressant«, ermuntert er sie. »L'affaire d'Abyssinie«, fährt sie fort, »s'arrangera à la satisfaction de tout le monde, y compris le Négus...!«

»Wie wird sich das zutragen?« fragt er verdutzt.

»Grâce à un homme jeune, dont l'étoile se lève ... c'est un blanc.«

»Un blanc?«

»Oui, vous comprenez, un homme de race blanche.«

Und scheu lächelnd, zögernd: »Elle prononça enfin: ›Monsieur Eden.‹«
Da haben wir's. Ein Weißer hatte es unserer ostasiatischen Mizzi angetan. Wir wissen sogar, wo er amtet. Auf Nr. 10.
Hellseherinnen in Ehren, aber erste Vorbedingung wäre, daß sie sich nicht vergucken!
Aminta hätte sich für das letzte Konzert selber keine Karte gelöst. Das Programm bot keine genügende Lokkung, obwohl Toscanini dirigierte. Wegen der Ouvertüre zu ›Semiramis‹ und gar der ›Ländlichen Hochzeit‹ Goldmarks ganze drei Tage seine Abreise verschieben?
Schuberts posthume C-Dur-Symphonie? Bei allen bestrikkenden Modulationen und Schönheiten seines Orchesters brachte Aminta für dieses wie für seine Klavierwerke nicht dasselbe Interesse auf wie für seine Kammermusik und nicht entfernt dieselbe leidenschaftliche Bewunderung wie für seine Lieder. Im Liede wahrhaft abgründig, der Größte aller vielleicht dort, wo seine Muse mit dem Worte, dem Geiste der Inspiration des Dichters sich vermählt. Denken wir an seinen ›Ganymed‹, dessen Wiedergabe eine der Glanzleistungen Patzaks ist. Wo er zum Worte greift, fällt alle musikalische Redseligkeit bei Schubert weg.
Blieb Smetanas symphonische Dichtung ›Die Moldau‹. Aminta hatte sie schon oft gehört und glaubte nicht, daß sie ihr noch etwas zu künden hätte. Hier aber täuschte sie sich. Das Wasser als Element, der Hauch des Flusses unter dem Himmel, das Hinziehen seiner Wellen, seiner Ufer, der Felsen, die sich nähern, die zurücktreten, der Burgen, die aufziehen und entschwinden, der überhängenden Büsche in der Einsamkeit der Frühe, das klingende Rauschen in der Stille der Nacht, alles brachte mit

Leuchtkraft Toscanini zur Wirkung. Wer sagte, daß man die Leistungen der Kapellmeister zu wichtig nehme? Mit Entsetzen haben wir indessen dasselbe Stück wieder vernommen von einem angehenden Kapellmeister, der übers Meer kam, um die europäischen Konzertsäle zu überrumpeln. Wir wollen ihn nicht einmal nennen, denn er kehrt hoffentlich nicht wieder. Nachträglich hieß es, er sei gar nicht engagiert, sondern als ein reicher Herr biete er vielmehr den Orchestermusikern große Summen, damit er seiner Leidenschaft zu dirigieren frönen dürfe.

Leider unterließ er es, auch die Zuhörer zu entschädigen, dafür, daß sie in einer steinigen Moldau, in der nicht ein Tropfen floß, die Füße, die Eingeweide, die Köpfe blutig stießen. Von Ufern keine Rede! – In der darauffolgenden Programmnummer, einer Suite für Cello, waren es die Zeichen, die der berühmte Solist den Musikern erteilte, auf welche diese achteten.

Die ›Moldau‹, ganz an ihrem Urquell geschöpft, war der Höhepunkt des Konzertes. Toscaninis Beethoven war Beethoven, sein Wagner Wagner usw. – konnte es sein, war es möglich, daß ihm der Schlüssel zu Schubert fehlte? ›Liegt es an mir?‹ dachte Aminta, während Unruhe und Beklemmung in ihr anwuchsen.

›Es fehlte mir die Sammlung‹, dachte sie, während sie im Laufschritt dem Platze zuging, an dem die Autobusse warteten. Denn sie wollte diesen letzten Tag noch schnell nach St. Wolfgang hinaus ins Land und zu den Seen. Wer sagte ihr, daß sie wieder nach Salzburg zurückkehren würde? Wird das Leben nicht unsicherer von Jahr zu Jahr?

Gerne würden wir noch von dieser ihrer Fahrt erzählen, wie von ihrer charmanten und spannenden Rückreise nach Zürich den Morgen darauf. Allein es geht nicht mehr.

Wir schreiben schon den 24. Juni 1937. Es ist Torschluß. Schönes, gefährdetes Österreich, noch einmal lebe wohl! Herz Europas, Gott befohlen.

SALZBURG 1937

Abschied von Salzburg

Nichts Unverbindlicheres als ein Vorgeschmack! Moses sah vom Berg hinab ins Gelobte Land, das er nicht betreten durfte... So kann uns ein Hauch von Walderdbeeren auf dem Gaumen geistern, während fußhoher Schnee die Äcker drückt; – ist dies nun mindestens eine Garantie, daß wir den Himmel wieder in durchsichtiger Bläue steigen, Schafwölkchen in der Hitze sich sammeln und zerfließen sehen und der Freuden des Sommers noch einmal teilhaftig werden? Aminta hatte ihre Rückfahrt von Salzburg am 1. September 1936 zu schildern gedacht, denn die Harmonie, die sich in ihrem Abteil unter den einander völlig fremden Reisegefährten abstimmte, war so groß, daß es als ein Europa in der Nußschale dem sanften Grün jenes Tages und einem verdämmernden Innsbruck entgegenfuhr. Doch wer hat noch den Mut, bei solchen Bildern zu verweilen? Gar bei Europa? Wurde ihm nicht mittlerweile das Herz ausgerissen? Ist es nicht tot?

Das Jahr lief zu Ende. Der Winter 1937 verhing die üblichen Infektionskrankheiten über Stadt und Land. Mit dem Frühjahr aber stieg als ein Präludium größten Stiles die an den Ufern der Seine hingebaute Pariser Weltausstellung: ein Erdenlicht, das seine Botschaft über den ganzen Planeten ausstrahlte. Wir wollen ihr, ehe sie vergessen ist, noch einen Gedanken schenken. Es dunkelte schon. In aller Stille, weil das Rauschen der Fontänen ihre Schritte übertönte, strömten die Scharen den Höhen und Terrassen oder den Ufern entgegen. Zu spät! Schon

seit Anbruch der Dämmerung war es besonders auf den Brücken schwarz von Menschen, die Kopf an Kopf über die Geländer lehnten und warteten.
Denn die Abende waren der große Augenblick dieser Ausstellung. ›Arts et Techniques‹ war der Titel, den sie führte. Um zehn Uhr begann der Eiffelturm zu leuchten, erglühte wie von innern Flammen im bronzenen Golde; feierlich verschönt sandte er Streiflichter aus und brach dann in Strahlen aus.
›Künste und Technik?‹ Aber war die Technik hier nicht selbst zur Kunst geworden? Märchen spann sie und eine Märchenwelt für Erwachsene. Dies plötzliche Aufschießen aus bebenden Gründen von Säulen, schneeweiß oder in allen Farben des Sonnenaufgangs, sprühende Marmorsäulen, schwankend, versinkend, wieder sich hoch aufrichtend: es war Architektur, ihre Spiele treibend, es war Poesie. Aber wie still diese Zuschauer, deren Zahl auf Hunderttausende geschätzt wurde, sich verhielten! Sie lagerten auf der Erde, den Treppen, sie überzogen die Ufer: beschäftigt, abgelenkt, gespannt, erfreut. Und plötzlich stockte einem das Herz. Denn was war das? Diese Massen waren ja froh. Sie hatten ihre Sorgen vergessen in einer bangen, verwirrten und so bedrohten Welt. Und ein auserwähltes Volk, schienen sie von allen Ländern der Erde hier zusammengekommen. Und neu war der Zauber einer so menschenfreundlichen Atmosphäre, das konstruktive Element, das hier obwaltete, Ziel und Zweck dieser Erfindungen, dieses Palais des Découvertes als ein Mittel, das Leben leichter, sicherer und glücklicher zu gestalten. Und nichts von Gloriole! Nicht einmal an dem Palais des Arts mit seiner wunderbaren Schau französischer Kunst: eine lichte Abkehr war sie nur von jedem Ungeist.

Und nirgends ein Paradieren von Tanks in modernster Ausführung! Sondern eine Absage an alle Gewalt und alle Barbarei, wie an den Turnus aller Leiden, die in ihrem Gefolge sind. Diese Ausstellung war die Apotheose einer gesitteten Welt. Es war Frankreich, es war ein großes Volk in seinem schönsten Lichte.

Am 23. August machte sich Aminta wie nun schon alljährlich nach Salzburg auf. Ihr Zug ratterte wieder die stillen Alpenwände empor. Als ein Geschmeide leuchtete ihnen wieder der Wildbach zu Füßen; und wieder stiegen die spitzen Kirchtürme und versanken mit ihren Höhen. Unantastbar aber schien die Zone ihres geheiligten Schutzes.

Zwar hatten die Aspekte sich nur verfinstert, nach innen wie nach außen, im wunden Spanien, in Genf, ach wo nicht? Die Lachmuskeln fühlender Menschen, ob jung ob alt, waren gleichsam ein wenig eingerostet, minder lokker und elastisch in ihrem Spiel. Dennoch stand man vor nichts Unwiderruflichem: die Situation war nicht entschieden. Es konnte sich noch alles zum Guten wenden. Der Sommer 1937 gab einen helleren Klang sogar. Aminta, die lange keinen so schönen erlebt hatte, hielt eine Umfrage, und wirklich stellte sich heraus, daß viele ihn wie einen Waffenstillstand und eine Verheißung empfanden, als sollten die Gespenster des Tages sich endlich verziehen und nicht so gottverlassen wie bisher dieser Erdteil bleiben. Genug der Prüfungen! Und da blühte auch wieder die blaue Blume des Jahres, das Salzburg der Festspiele.

Trostblick im Winter, täglich stärkere Lockung im Frühling, das Liebesmahl auch heuer herrlich bestellt. Laßt sehen, was es alles gab. Gleich am morgigen Vormittag, dem 24. August: Rossini, Beethoven und ›Tod und Ver-

klärung‹ von Richard Strauss, und den Abend darauf, am 25., ›Euryanthe‹ mit Bruno Walter.
Mary stand nicht auf der Bahn, doch sie kam. Das kleine weiße Auto lief schon, was es konnte, von Osten durch den Böhmerwald daher. Glockengetöne in der Luft, ein neues Festspielhaus im Entstehen und Freude noch einmal die Losung; – kein Platz jedoch im Café Tomaselli und kein freies Stübchen in ganz Salzburg. Auch kein Fegen durch die Etage mehr; sie war parzelliert. Amintas Zimmer ging jetzt direkt auf den Fluß. ›Seltsam‹, dachte sie in der Nacht: ›ich höre ihn nicht mehr rauschen und bin ihm doch näher gerückt.‹
Spielend leicht erlangte sie am Morgen zwei Karten für ›Euryanthe‹. Sie war also nicht ganz ausverkauft. Sie sei nichts Besonderes, sagten ihr Leute, auf deren Urteil sie nicht das geringste gab. Denn sie hatte einen Verdacht. Bruno Walters ›Oberon‹-Ouvertüre vergaß man nicht, und um dieser ›Euryanthe‹ willen wie um die ›Zauberflöte‹ war sie heuer gekommen.
Ja, das hätte sie wieder einmal geschafft. Und fiel ihr denn heuer alles in den Schoß? Der statiöse Herr ganz Entgegenkommen, wie eine Guirlande, die zum Fenster heraushängt? Überall stockte man Häuser auf, bei Lanz schichteten sich die Tiroler Jacken und Joppen und festlich weiße Regenmäntel für die Damen auf und die, welche eine hübsche Kopfform besaßen, hüteten sich heuer schwer, Hüte zu tragen, sondern bunte Tüchelchen mußten es sein und wurden umgebunden; seltsam gefallsüchtig nahmen sich die mit dem Stift aufgeholfenen Lippen und Augenbrauen und Extrawimpern dazu aus. Nein, höher konnten die Wogen nicht mehr schlagen, die Strömung erfaßte alles. Kein Verweilen, der Pulsschlag ein wenig fiebrig, und war nicht etwas Überreifes an dem

Salzburg von heuer? Aminta hielt sich bei dem Gedanken nicht auf. Es klappte mitnichten alles. Marys Depeschen schwirrten, einander widersprechend, ins Haus. Aus der letzten schloß Sybil, das weiße Auto könne heute, wenn überhaupt, erst spät in der Nacht eintreffen. Aminta lud bedingungsweise eine fremde Dame ein, mit ihr in die Oper zu gehen, und als Mary um sieben Uhr noch ausblieb, machte sie sich in Gottes Namen auf den Weg.
Nun sollte aber diese Aufführung zu den Wunderabenden der Salzburger Festspiele gehören. Der Mißerfolg, den Carl Maria von Weber mit dieser Oper erfuhr und der ihn so tief traf, daß er mit schuld war an seinem frühen Tod, wäre ihm bei einer so geistverwandten Aufführung, mit solchen Sängern, einem solchen Orchester sicher erspart geblieben. Nicht nur, daß Bruno Walter aus einem Adolar wie Carl Friedrich, einer Euryanthe wie Maria Reining das Letzte hervorholte, er wob an dem Zauber und den Schauern ihrer Romantik. – Weiße Magie nicht einmal. – Es war ›Euryanthe‹ in wahrhaft schöpferischer Interpretation. Es war Webers ureigenste ›Euryanthe‹ zugleich.

Nicht gleich fand man sich, als der Vorhang fiel und ein Bereich auf höherem Plan mit seinen Gärten, Wäldern und Sonnen verklang, in seiner Umwelt zurecht. In eigentümlicher Verfassung – nicht länger eine Gemeinschaft wie vorhin im Saale, aber noch halb im Bann – strebte man den Ausgängen zu.
Dort aber zeigte sich das Vestibül von Rauschen erfüllt wie ein Schiff, ein Wolkenbruch sprühte die Wasser tief herein, die Menge, von den brausenden Türen wieder zurückgetrieben, verdichtete sich mit den Vorwärtsstrebenden, und es entstand ein unentwirrbares Knäuel, in dem keiner sich mehr bewegen konnte. Amintas Phantasie, so

ungemein bereit, sich alle Schrecken des Überrannt- und Ersticktwerdens aufs Beste auszumalen, daß sie lieber als die allerletzte überfüllte Theater- oder Konzerträume verließ, sah sich plötzlich in einem Gedränge, das kein Vor und Zurück gestattete. Allein das Herz war noch so geweitet von der ungeheuren Lust dieses Abends, daß es nicht unverweilt einer Panik zugänglich war. Nach ihrer fremden Dame sich umsehend, sprach Aminta ihr Mut zu, recht wie ein Ritter sich fühlend – statt des Hasenfußes, der sie in Wirklichkeit war – zog sie die Geängstete behutsam und allmählich, aber sicher, hinter sich her ins Freie. Dort wehte es kühl von der Erde und dem Pflaster auf und von den Dächern herab. In einem Sturm ging diese letzte ›Euryanthe‹ der Salzburger Festspiele unter.
Mary aber war rechtzeitig angekommen. Eilfertig hatte das weiße Auto die versäumte Zeit nachgeholt und kurz nach sieben Uhr Salzburg erreicht. Mary hätte also der Vorstellung beiwohnen können. Es war schrecklich. Nein, es klappte nicht alles. Sollen wir weiter von den Salzburger Festspielen des Sommers 1937 erzählen? Wie den Mut aufbringen? Ein Flor liegt darüber. Ein Vorbei. Ein Nimmermehr.
Nimmermehr ihr Berge, du musisches Glockengetöne, du Fluß, ihr Blumen vom Mirabell, ihr weißen Straßen zu den blauen und grünen Seen und ihr herrlich aufgeforsteten k. u. k. Wälder von einst. Nicht einmal zurückzudenken, geschweige denn zu schildern vermögen wir den letzten Abend mit der ›Zauberflöte‹, die Kostbarkeiten im Orchester, den Gesang Papagenos, der zu gut war, weil er den Tamino zu weit übertraf. Und Frau Novotna hatte zwar nicht das Format Paminas, wohl aber etwas von ihrer Grazie, nicht wahr? Alles verweht, verloren, vorbei.

Abfahrt

Das weiße Auto war ein offener, niedriger kleiner Viersitzer; am 1. September rollte es von neuem nach Osten: vollbepackt. Denn auch Amintas Gepäck hatte man ihm aufgeladen. Sie riß sich dieses Jahr nicht so schnell von dem Lande los. Vorerst freilich war die Tschechoslowakei das Ziel. Die Sonne schien heiß und noch sommerlich, als man vor St. Florian haltmachte, dem, wie es Aminta schien, zu Unrecht so berühmten Stift. Die schlichten Nebengebäude gefielen ihr viel besser.

In Budweis wurden die Häuser abweisender, die Ortschaften unfreundlicher, die Heiterkeit erstarb, der Osten begann. Aber mit ihm die würzige Melancholie, der noble Zug, die tiefen Perspektiven der Wälder unter einem ernster schweifenden Himmel. Gegen Mitternacht hielt man vor Marys prächtigem, dabei ländlich reizvollem Schloß. Dort blieb Aminta mehrere Wochen, sie sah in dieser Zeit schöne Besitztümer und schönes Land. Gegen Ende September folgte sie Mary nach Wien, wo diese ein Absteigequartier hatte, das wie eine Kreuzung anmutete von Wallensteins Lager und einer Almhütte. Nominell nur ein großer Atelierraum, waren es in Wirklichkeit viele Zimmer in einem: Schlafzimmer, Ankleidezimmer mit Bad, Schrankzimmer, Vorzimmer, Speisezimmer, Bibliothek, Salon, Küche, Vorratskammer und Kanzlei. Der Riesenschreibtisch eine organisatorische Leistung für sich. Die bei aller Anhäufung vollkommene und dabei phantasievolle Ordnung, welche hier herrschte, löste eine

Gemütlichkeit aus, die eigentlich ohne Grenzen war. Hatte man – leider ohne Lift – die dreieinhalb Treppen erstiegen, so setzte ein Gefühl des Geborgenseins und des Ausruhens ein, als könne einem keiner mehr etwas an. Wünschte der lässig auf dem Divan Ausgestreckte schließlich und endlich wieder zu wissen, was in der Welt vorging, so drehte er das Radio auf, und der Wiener Tonfall oder Wiener Musik teilte sich in der Luft dieser ausgemachten Ruhestatt. Auch sie zusammengestürzt; gewesen.

Nach einigen Tagen in diesem Feldlager fuhr Mary nach Ungarn, aber nicht ohne vorher alle Daten wegen eines Salzburger Aufenthaltes im August 1938 genau und unumstößlich festgelegt zu haben. Man wollte im Mirabell wohnen, das nächste Mal. Es gab eine Möglichkeit. Dann gingen sie auseinander. Aminta blieb zurück. Sie hatte noch in Wien zu tun.

Länder haben ihre Sterne und ihre Sonnenfinsternisse. Die Bilderstürmer vernichteten nicht alles. So manche Statuen kamen wieder ans Licht, waren nur vergraben, nicht zertrümmert worden, sondern schlummerten nur. Wer weiß, wie bald Irland, das schon in Vergessenheit geraten war und für gänzlich lebensunfähig galt, auch kulturell wieder im Vordergrund des Interesses stehen und eine führende Rolle spielen wird wie einst. Die Dinge verwirklichen, die Schwerpunkte verlegen sich heute, wenn überhaupt, in einem nicht abzusehenden Tempo, und Rückschläge bedeuten nichts, dort wo der Anlauf einmal genommen ist.

Der zeitgemäße und modern geschaltete Leser hat indes längst erkannt, daß Aminta eine Schwachsinnige ist und daß sie es infolgedessen zu einer gewissen Narrenfreiheit gebracht hat, wie andere Irre auch. Und so ist Österreich für sie – aller vollzogenen Tatsachen ungeachtet – eine Scheintote nur. Europa wäre bis tief hinein dem Joch der Türken verfallen ohne die Donaumonarchie: ihre ehrwürdige Rolle als Hüterin der Christenheit und die Notwendigkeit ihres Bestehens zu verkennen, sie wie ein wehrloses Kind im Waldesdickicht zur Beute herabzusetzen, war die eigentliche atrocité eines Friedensvertrages, die nach Reparationen rief. Gab es doch seitdem keine Gesundung Europas mehr, seine Wunden konnten nur schwären, sein Blut konnte sich nur weiter zersetzen. Denn sein Kreislauf ist gestört. Ohne Cavour wie ohne Bismarck, ohne ein geeinigtes Italien wie ohne ein geeinigtes Deutschland, hielt Europa die Spitze der Kontinente. Heute aber? und ohne Österreich? Aufgegeben, meinen viele, und setzen mit ihren Penaten nach anderen Erdteilen über.

Nur nicht glauben, wir könnten ohne ein Wien zur Tagesordnung übergehen und atmeten nach dem ersten Schrecken wieder so frei und unser Lachen hätte denselben Klang wie zuvor, da Wien noch lebte, da seine Stimme sich erheben konnte. Amüsiert euch und foxtrottet nur. Ihr könnt nicht haushalten ohne Wien. Es rufen seine Toten nach ihm, ein Heer von Schatten steht in Aufruhr. Im Unterbewußtsein fühlten viele um diese Dinge. Viele, die nie aus ihrem eigenen Lande herausgekommen waren und Österreich nie gesehen hatten, standen von Panik erfaßt, als sie vernahmen, daß es aufgehört habe, zu sein.

Ein großer Bußtag war es, die Luft wie von Sturmglocken und schwarzen Fahnen erfüllt. Ob wir es auch alle liebten, ließen wir es dennoch sterben. Welches Echo kommt seitdem in den Spalten unseres Seins nicht mehr zur Ruh?

Die Frühschatten Venedigs, die Abendschatten Roms, sie waren nie so unverrückbare Kulissen in unseren Herzen wie die Färbungen des abgeblendeten Wien und seine Dämmerungen, ach! Und wie fing sich, aller nordischen Unverbindlichkeit bar, in dem wienerischen Deutsch die Melodie dieser Sprache, bereichert durch den Unterklang so vieler wesenfreundlicher Idiome! Es ist alles eins, statt: es ist gleichgültig, sagt man hier; erst recht nicht von ›Abendbrot‹ ist hier die Rede, sondern es wird genachtmahlt – und fühlt ihr da nicht den gelben Kerzenglanz, die Blumenschale am Tisch leuchten?
So frei und traumumfangen seine Mitte umschreibend wie der Stephansdom wuchtet kein zweiter Bau auf Erden. Edle Gelöstheit atmet die ganze Stadt. Vom ethischen Standpunkt aus gesehen ging Österreich, das zerschlagenste aller Länder, Land der schönen Fassaden und Gitter, als der vainqueur inconnu aus dem Weltkrieg hervor. Denn selbst in seinen finstersten Tagen wollte der Haß dort nicht gedeihen, und während die anderen bataillierenden Staaten von Konzentrationslagern starrten, verschmähte es das lässige und generöse Wien, sich auf Dinge wie Fremdenhaß einzulassen; harmlose, auf Grund eines zufälligen Passes zu Feinden gestempelte Zivilpersonen durften unbehelligt ihrer Wege gehen und ihren Beruf ausüben. Alle Welt hat dies gewußt, aber man sah lieber darüber hinweg. Wien wäre prädestiniert gewesen, die Metropole eines auf Einigung bedachten Europas, ein Washington zu werden. Statt dessen wurde es gang und gäbe, Wiens ›Charme‹ gleichsam als sein Altenteil in Liedern und Schrammelquartetten zu preisen. Von Wiens Anmut wurde bis zum Überdruß gefiedelt. Diese Anmut aber war nur seine Blume. Wohl gab es nur ein Wien, aber nicht wie der Schnadahüpfler meinte.

Keine Stadt hat einen so immensen Hintergrund. Nur in Venedig scharen sich noch alte Paläste in ähnlicher Zahl, aber wieviel gebieterischer ist ihre Allüre in Wien! Eine ganze City edelster Bauten bildet das Herz von Wien. Paris ist die holdeste, London die imposanteste, Berlin die spannendste, Wien inmitten seiner merkwürdigen Umgebung die adeligste Stadt. Doch uns war sie mehr. Man wandelt nicht ungestraft unter Palmen, nicht wahr, und man stammt nicht ungestraft, und wäre es auch nur halbwegs, aus Bayern. Dem Bayern ist die Liebe zu Österreich angeboren. In dieser Ausgesprochenheit gibt es kein zweites Beispiel der Zuneigung eines Volkes für ein anderes. Die Weise ist die, daß der Bayer die Österreicher liebt und diese sich von ihm lieben lassen. Alle anderen Nachbarn sind ihm ziemlich gleichgültig. Gemütlichkeit ist bei ihm mehr zu finden als Gemüt. Seine einzige Sentimentalität ist Österreich. Seine einzige Antipathie ist Preußen. Warum in die Politik hinüberziehen, was reine Gefühlssache ist?
Preußen kann sich trösten: den Norddeutschen, Balten, merkwürdigerweise auch für die Rheinländer, selbst ein liebenswürdiger Stamm, sind die Österreicher fremd. Die Danziger werden sich in Hamburg zu Hause fühlen, in Wien, auch wenn es ihnen gefällt, wie im Ausland.

Unpolitisches zu Meran

So wurde mein Auge – mit jener ausgesponnenen Weite, welche eine Sekunde des Traumes in sich fassen kann – einem großen Schleiertanz von Dingen unterzogen, deren einer mein eigenes Bild entfaltete mit ausgebreiteten Armen, blutjung, allein, hoch oben stehend auf Schloß

Tirol; dort wo die letzten Berge des Nordens sich so südlich hinstrecken und das Herz eines Minnelandes zum ganzen Himmel schlägt.
Eine Landschaft der Rheingegend mag fränkisch, elsässisch, niederländisch, ja außerweltlich anmuten, deutsch ist sie auch immer irgendwie, doch nie so deutsch wie Meran: sondern übergreifend, ja, und ineinander fließend, ein allmähliches Himmelwallen nach dem Ozean, ein sich Aufmachen zu ihm, sogar ein sachtes Hinübergleiten der Sprache will da sein, wie von einer Erde, die sich langsam lockert. Betrachtet auch die steinernen Figuren, die Gebilde aus Holz, die Brunnen. Da lehnt eine romanische Heilige an einer Mauer der Sebalduskirche. Wie kam sie bis zu ihr? Sie trägt eine Krone, und sie lächelt. Sie kann nicht umhin, ihr Liebreiz ist zu groß! Aus den Falten ihres Kleides sieht ein Arm, eine Hand hervor auf immerdar. Glaubt nicht, sie sei hierher verirrt. Nur die Trennung hat uns alle verarmt. Es hat eine göttliche deutsche Grazie gegeben von der Zeit her, als wir alle nur ein weites Abendland gewesen sind, von Wien bis nach Cherbourg, von Bremen bis Triest. Erst hier merkwürdigerweise zieht sich spürbar eine Grenze, ist plötzlich etwas aus. Und wie die Sonne glüht, bevor sie untergeht, so leuchtet hier die Seele eines Landes auf, bevor sie scheidet. Es quillt ihr Honig, ihres Honigs Seim; eine Sprache, zur Leier gerundet, enthüllt noch einmal ihr Gold. Was dann kommt, ist etwas anderes. Andere Töne setzen ein, nicht Walther von der Vogelweides Innigkeit, sondern der ganz in sich beruhende Dreiklang der Bella Italia, über den nur Leonardosches hinausgreift.
Brunnen rauschten an mein Ohr. Bilder drängten einander, von Marktplätzen, die einander ähnelten, von höl-

zernen Altanen, prunklos und voll keuscher Lust, während ich die Arme fallen ließ, trauernd um Meran.

Abschied

Wenden wir uns noch einmal dem schönen scheintoten Wien und seinem Wahrzeichen, dem Stephansdom, zu. Verstummt auch er?

Vielfach ist ja heute von einer Liquidation des Christentums die Rede. Den Menschen überantwortet war es wie ein Schiff in voller Fahrt – allen Havarien preisgegeben. Und diese Havarien kennen wir. Pius XI. hat Verdienste, die wenig bekannt sind. Er hat den späten Kampf eröffnet gegen den seit siebzig oder achtzig Jahren von der Bigotterie geleisteten Kitsch und Schund und Ramsch und rubbish, in Wort und Bild, in Gips und Glas und Holz und Stein, der mit dem Verfall der Architektur einriß und die einst so große kirchliche Kunst mit Schutt überzog.

Vor Gestrüpp und Geröll sah man sein Immergrün nicht mehr, und wo Tatsachen sprechen, liegt es natürlich nahe, sich mit Schlagworten zu behelfen. Was für eine Rolle spielt heute das Christentum im ›Ernstfall‹, das heißt in Fragen der Machtpolitik, der Parteiinteressen und ihren Parolen, selbst in erzkatholischen Ländern? Bis tief in die Konklave schatteten Ränke und Intrigen hinein, die nichts mit religiösen Gesichtspunkten zu tun haben und sie bei mancher Papstwahl dennoch in Schach hielten. »Et vous croyez«, sagte nach einer solchen im Jahre 1903 ein sehr frommer Kardinal, »et vous croyez que dans cent ans nous aurons encore ces chinoiseries-là?« Als Moltkes resignierter Ausspruch fiel: »Ob wir wollen oder nicht, wir werden am Ende alle katholisch«, deutete noch nichts auf einen Untergang des Abendlandes, alle Wege führten nach Rom oder auf Rom zurück. Was ist, wie gesagt, der Sozialismus * trotz seiner glockenlosen und doktrinären Welt, die nicht *ein* Kunstwerk inspirierte, wenn nicht ein Agens des Christentums, ohne dessen Theorie? Aber schon ist da eine Welt ohne Ventil, in der Gott die Seinen verläßt, Joseph in der Grube umkommt, in die seine Brüder ihn stoßen, und Goliath den David überwältigt. Wir sagen nicht mehr... Und doch (das schöne faustische ›und doch‹!); und doch hängt unser Lebensmut bewußt oder unbewußt an dem Gefühl, der Mensch sei der Träger aller Verantwortungen und hielte gebunden, was gelöst

* Am internationalen Sozialistenkongreß, der im Jahre 1919 in Bern stattfand, nahm ich teil, ohne eine Stunde zu versäumen. Hier sah man auch Franzosen wie Cachin, Longuet, Loriot, Faure; dann den englischen Tisch mit Henderson, Macdonald, Norman Angell, Mrs. Snowden; der österreichische Tisch stand weiter weg, man konnte die Delegierten nicht unterscheiden, außer wenn sie aufstanden. Als der alte Eduard Bernstein, geradewegs von der Bahn kommend, den Saal betrat, gingen ihm die Franzosen entgegen und begrüßten ihn. Es wurde ihm eine Ovation bereitet.
Von den Deutschen waren Haase und Eisner die bedeutendsten, sehr ungleich, nicht immer der selben Ansicht, dennoch vertraut. Ach, unter so ausgezeichneten Menschen, und alle guten Willens. Wie hoch schlug mir da mein undemokratisches Herz! Eisner hatte eine romantische Schwäche für Bayern. »Wie gern zöge ich ihnen einmal mit den blau-weißen Fahnen entgegen«, sagte er von den Preußen. Aber ›Fahnen‹ waren sein Traum und seine Waffen. Haase war vielleicht größer, aber Eisner war doch der eindrücklichste, denn er kannte die Welt. Sein Scharfblick ließ ihn auch die Zukunft ermessen. »Wenn ich stürze«, sagte er mir, »wird ein Chaos in München unausbleiblich sein.«
Die Seiten, mit welchen ich diesen Kongreß in meinem Buch ›Zarastro‹ beschrieb, halten sich fast ganz (bis auf einen Druckfehler ›Christentum‹ statt ›Christenheit‹), ja fast Wort für Wort, so daß ich heute, nach vierundvierzig Jahren, von ihnen sagen darf: Sie sind mein Vermächtnis.

sein könnte, und diese Welt sei nur verhext. Sie ist es, weil der Menschenwolf, die Menschenkobra und das Menschenreptil mit demselben Recht wie der ständig von ihnen bedrohte Mensch unter den Menschen kreist. Standesunterschiede sowohl wie deren Abschaffung sind nur konfuse Maßnahmen angesichts unserer immer neu sich zusammensetzenden Ungleichheit; ihr käme allein eine Kontrolle bei, die auf Jahrhunderte eine Ära von Kämpfen eröffnen würde. Kämpfe aber statt der Kriege! Und was sind Kriege anderes als eine schlechte Ausrede, ein Waffenstillstand im eigenen Hause, die Flucht vor uns selbst, die Jagd nach dem Imaginären, das Ausrücken vor dem inneren Feind. Alle unsere Fahnen, ob gestreift oder besternt und wie immer hoch gehißt, schleifen ihre Enden durch Blut und Kot. Kein noch so zivilisiertes Land, das sich rühmen dürfte, in seinen einsam gelegenen Wäldern und Häusern (und sind es die einsam gelegenen nur?) riskiere der Wehrlose nicht, ein Ende zu finden wie unter Wilden? Doch der Prozentsatz ihrer reißenden Tiere scheint die Nationen in ihrer Ehre nicht zu tangieren. So stehen wir infolge des Krieges inmitten der unheimlichsten Epoche unserer Geschichte, denn viele wunderbare Menschen deckt heute die Erde, statt daß sie sich erfüllen. Wir, die noch Zeugen waren einer um so vieles gesitteteren Welt, wir sehen sie heute nicht nur verhext, sondern bis in ihre Ritzen verwanzt.
In diese verweste Luft brach wie ein Gewitter das Buch: ›Les grands cimetières sous la lune‹ von Bernanos, diesem geistigen Haudegen von der Rasse der großen Kämpfer. Ihm gelten weder rechts noch links, weder rot noch schwarz, die sturen so wenig wie die modrigen Parteien. Wohl ist ihm das Christentum das einzig Intangible auf Erden, seinem Katholizismus aber entströmt eine Weite,

die auch das Profane, sofern es teilhat am Geist, mit einbegreift. Als ein Gestirn, mit allen Phasen eines Gestirns, evolviert es am Himmel der Menschheit. Was Bernanos wie eine schwarze Sturzflut heraufziehen sieht, wovor er bangt, das ist nicht eine Liquidation des Christentums, wohl aber die Liquidation unseres Erdteils.
Was hat dies, wird man fragen, mit dem Stephansdom zu tun? Aber die Kirchen der alten Donaumonarchie, mit ihm als ihrem Doyen, behalten vielleicht ihre besondere Mission.
Die Trennung von Kirche und Staat hat gewiß Vorteile an den Tag gelegt, ein neuer Aufschwung des Katholizismus in Frankreich datiert von dieser Scheidung her und führt heute das Wort. Der Klerus hat dort geziemendere Sorgen als die der Tagespolitik. Aber sein Unterhalt sowie der der Kirchen fiel der Obhut der Gläubigen anheim, und was für Havarien entstanden hier! Welches Geklapper und Geschepper von Münzen als obligate Begleitmusik sowohl der Hochämter wie der stillen Messen. Die Chaisière, die den Reigen eröffnet und den Zoll für die Stühle erhebt, waltet in Stille, sie gehört hier schon zur Tradition, mag sie hingehen. Aber der kettengeschmückte Diener, der Schritt vor Schritt mit seinem schweren Stab auf die steinernen Fliesen stößt zum Zeichen, daß ein Geistlicher im Chorhemd naht, um zu sammeln! Dazu die inoffiziösen Streifzüge diverser Damen zu demselben Zweck: alles gut und recht: für die Kranken, die Hilfsbedürftigen, die Kinder, die Kongregationen der Pfarrei. Des öfteren spricht im roten Talar von der Kanzel herab ein höherer Würdenträger von Geld und steigt dann herab, um höchstselbst eine Kollekte zum Bau einer neuen Kirche vorzunehmen, in der es genauso zugehen wird. Es kann sein, daß man auf dem Chor ein

schönes Cellosolo anhören will, aber vergeblich. Die Ausrufe des Kettenträgers, der Widerhall seines Stockes auf dem Steinboden fahren dazwischen. Wer flöhe da nicht ins Freie? Wer soll das aushalten? Wäre es nicht einfacher, Eintrittsgelder, auf die es ja doch hinausläuft, zu erheben, ganz hohe und ganz niedrige, oder sonst einen Modus zu finden wie in Irland?

Und mittlerweile stehen auf der Straße nach Osten, mehr sich selbst überlassen vielleicht, aber ungestört, die Kirchen der alten Donaumonarchie mit ihrem Doyen, dem Stephansdom. Und da ist auch die schlichte Gotik Südbayerns und Tirols, jene Dorfkirchen meine ich, welche Tal und Gebirge wunderbar erhellen und deren hohe Türme so haarscharf auslaufen und den Wolken geradeswegs entgegenfliegen wie die Spitzen der Berge.
Wir möchten die Bauten Österreichs – denn man bangt immer um Bauten, nicht wahr? – in unseren Abschied von Österreich nicht einbeziehen. Land Maria Theresias, Haydns, Mozarts, Schuberts, Wahlheimat Glucks, Beethovens wie des Prinzen Eugen, nie waren eure Schatten uns so teuer. Versunkenes, nicht untergegangenes Österreich Adalbert Stifters, Hugo von Hofmannsthals ...

GLÜCKLICHE REISE

Kleines Präludium

Nichts lag mir ferner, als nach Amerika zu fahren. Was hatte unsereiner in jener sogenannten Neuen Welt, die sich aus unseren Beständen zusammensetzt, zu suchen? Gab uns Europa nicht genug zu schaffen? Saßen uns Deutschland und Frankreich nicht buchstäblich in den Knochen? Wozu es da noch mit Amerika aufnehmen, das so weitab liegt?

Zwar erhielt ich im Februar 1939 eine Einladung, nach New York zum Pen-Club-Kongreß zu kommen, der am 8. Mai eröffnet werden sollte. Doch schien sie zu unrealisierbar, als daß ich sie ernstlich erwog. Auf eine telegraphische Anfrage, ob mir mit einem Zuschuß von hundert Dollar gedient wäre, lautete meine Antwort: »Alas, no.« Brieflich erklärte ich, auf keine Einzelkabine verzichten zu können; im übrigen sei ich bereit, mit einem langsamen Schiff, ja einem Orangenschlepper zu fahren. Bald kam auch er nicht mehr in Frage, weil mittlerweile über dem langen Hin und Her zu viel Zeit vergangen war. Trotz meiner Absage blieb aber die Sache in der Schwebe, was mich etwas beunruhigte. Denn jedes Leben ist nach bestimmten Gesetzen wie ein Canevas eingespannt, und Entschlüsse mußten sich mir gewissermaßen aufdrängen, dann taugten sie etwas; anderenfalls nicht.

Im April fuhr ich in die Normandie und kam nach Caën; auch eine schöne, eine wunderschöne Stadt sogar; und auch sie zieht etwas wie Meeresweite in ihren Umkreis ein. Außerdem liegt sie viel näher. Drei Tage verbrachte ich in dem Prieuré Saint-Gabriel, desgleichen Amerika ge-

wiß nicht zu bieten hatte! Verwunschene Innenhöfe, eine frühmittelalterliche Stimmung, Portale, Zinnen, Pförtchen aus dem 12. Jahrhundert, dickes Gemäuer, schwere verbuckelte Steintreppen, ein Brot, wie es für Duguesclin aus dem Backofen gehoben wurde; in der Umgebung verwitterte, aber verschont gebliebene Kirchen und Schlösser, denn die Terreur war im Calvados nicht vorgedrungen; Normannentypen und -gebräuche, die Sprache seltsam herb – – eine stehengebliebene Zeit. –
Warum mußte mir dann in der ersten Nacht, die ich in meinem Turmzimmer verbrachte, statt einer Burg oder eines Ritterturniers ein hypermodernes Gemälde vorschweben, groß wie ein Altarbild, grell und hell in der Farbe, von recht flacher Komposition und ohne Perspektive? Ich hätte es nicht gekauft, wollte es aber doch näher betrachten, da Freunde von mir es erworben hatten. Nun aber begab sich etwas Sonderbares und Unheimliches mit ihm: nämlich *es malte sich selber um:* Tief und schattenhaft verlief ein Weg ins Gehölz, das Kolorit nahm andere Töne an, und eine zeichnerisch hochinteressante, ja meisterliche Gruppe hob sich als Mittelpunkt in so spannender Weise ab, daß ich vor Schreck erwachte. Draußen war der Himmel grau, die Stille der frühen Dämmerung lag über dem Hause, in dem grünenden Hofe froren einige Blumen, denn es war noch kalt. Woher kam mir aber der plötzliche Entschluß, doch nach Amerika zu fahren, sofern sich noch eine Möglichkeit ergab, jetzt, wo es allem Anschein nach zu spät geworden war?
Bei meiner Heimkehr am nächsten Abend lag aus New York eine telegraphische Anweisung auf dreihundert Dollar vor, die zurückzuschicken seien, falls ich nicht reiste. Ich telegraphierte: ›Shall manage.‹
Allein im Reisebureau stellte sich die ›Queen Mary‹ als

das einzige Schiff heraus, das noch rechtzeitig zum Kongreß einlief, und die kleinste Innenkabine, in welche die Luft durch einen Wirbel transponiert hineinwehte, schluckte für die Hinfahrt allein die sämtlichen dreihundert Dollar auf. Aber zurückschicken? Nein! So galt es denn, hektische Brandschatzungen anzustellen, es galt, Holland sozusagen unter Wasser, meine Verleger unter Druck, alles in Bewegung zu setzen, damit es mit Paß, Visum, Konsulat, auszufüllenden Formularen, aufzuklebenden Zetteln und was es sonst alles gab, in letzter Minute klappte, auf der Gare St.-Lazare den Zug noch rechtzeitig zu erwischen, von einigen Freunden Abschied zu nehmen, ihre Blumen im Arm einzusteigen und zu *fahren*. Ein trüber Morgen über Paris; Sonne über Cherbourg: in einem Glorienschein lag das Schiff vor Anker.

3. Mai 1939
An Bord der ›Queen Mary‹

Von der Innenkabine mit dem Wirbel werde ich ohne Zuschlag in eine außenliegende befördert. Denn die Passagiere sind nicht sehr zahlreich. Das anstoßende Badezimmer jedoch bleibt pointiert geschlossen. Aber morgen ist auch noch ein Tag. Es lockt der Abend an Deck: die Ufer sind schon geschwunden; wohin das Auge blickt, schimmert das Meer.
Der Architekt der ›Queen Mary‹ ist auf Grau und Beige eingestellt. Auch meine Kabine ist grau und beige: die Möbel beige, die Überzüge grau.

4. Mai

Welches Erwachen am frostigen Morgen! Bald zieht es mich aufwärts mit einem Ruck, und dann hinab im Zirkel. Dies ist aber auch die schlimmste Stelle, wird mir gesagt. In dieser Kabine werden alle seekrank. Da bescheide ich den Purser zu mir.

Die Natur stattet wehrlose Tiere mit Schutzvorrichtungen aus. Auch mimisch sind sie begabt. Geschäftstüchtig nimmt der Käfer die Farbe der Baumrinde an, die er entlangreist. Eine Frau ohne Mann muß gepanzert durchs Leben gehen, das Rapier führen in der behandschuhten Rechten.

Der Purser ist eingetreten. »Ich bin Gast der Stadt New York und fahre als ihr Gast auf diesem Schiff«, sage ich mit einer Miene, die beige ist und grau. »Es wäre peinlich für die White Star Line«, füge ich mit sanftem Nachdruck hinzu, »mich ganz oder auch nur halb tot drüben abzuliefern.« Wie das saß! Wie es klang! Und war nicht einmal falsch. Ein bißchen hoch gegriffen nur; für Sopran gesetzt.

Diskret und verbindlich empfahl sich der Purser. Daß er über den Fall nicht allein entscheiden mochte, war natürlich. Eine Viertelstunde später jedoch bezog ich eine weit entfernt und nach einer anderen Himmelsrichtung liegende entzückende Kabine ... Herzstärkend war das Rot des Teppichs, der sich über den ganzen Boden breitete, sowie der schwarze Lack des Gitters, hinter welchem auf einen leisen Druck Flammen aufschlugen; ein holder kleiner Schreibtisch – offenstehend, wie sich's gehört, ein Badezimmer.

Welcher Trost, welche Linderung für das seekranke Gemüt, sanft gewiegt statt gestoßen zu liegen!

Es heißt, daß wir jeden Tag so und so viele Meilen verlieren und nicht am Morgen, sondern erst am Abend des 8. Mai in New York landen werden. Das gäbe also einen ganzen Tag mehr hier zu Schiff und in diesem anmutigen Raum.

Der Witz ist – ließen mich schon die Freunde, die mit mir fahren wollten, im Stich –, der Witz hier ist das Ausruhen, die Schweigekur, Rausch des Alleinseins. War das nicht mein Programm?

5. Mai

Die Passagiere werden aufgefordert, zu einer Art Couturière-Probe – falls nämlich etwas passieren sollte – an Deck Nummer so und so viel zu erscheinen. Mitnichten: 1. glaube ich nicht, daß wir untergehen, 2. wäre schon noch Platz in einem lifeboat. Wir sind 400 statt 800 Passagiere hier oben. 3. gibt es für Gasmasken, Lippenstifte und Rettungsgürtel eine limite d'âge, die man sich selber setzt.
Statt bei diesem Präparandenkurs anzutreten, streife ich durch das Schiff. Pastellfarben kommen nur im hellgrauen Damensalon, der in den frühen Morgenstunden als Kirche dient, zu reizender Wirkung. Trumpf ist das in kräftigem Rot und Braun gehaltene Rauchzimmer der Touristenklasse. Aber sie hatte keine Einzelkabine, so daß sie für mich nicht in Frage kommen konnte.
Der Purser schickt mir schon zum zweiten Male ein Billettchen. Beim ersten durchfuhr mich ein Schreck. Nein, es ist keine Rechnung. Er fragt nur an, ob alles zu meiner Zufriedenheit sei. O ja.
Das Meer ist ruhig, die Luft noch rauh. Im Speisesaal finden sich jetzt mehr Leute ein. Mein Tischchen ist nah am Eingang, so nehme ich abends die Parade der geschmückten Damen ab. Für wirklich fein hält sich ja nur, wer um fünf Shilling teurer oben im Restaurant ißt. Infolgedessen ist es dort knallvoll, hier aber leer. Somit ist es doch hier feiner...
Ich habe meinen Liegestuhl auf dem obersten, ungeschütz-

ten Deck. Auf der anderen Seite sind deren nur zwei aufgestellt. Den Rücken dem Meere zugekehrt, so daß man ihr Gesicht nicht sehen kann, verbringt dort eine Dame ihren Tag, neben ihr auf einem Plaid sitzend ein mittelgroßer, sehr hübscher Hund. Er ist ihr Gesellschaft genug.
Seit drei Tagen schweige auch ich. Mit einem Male ist die Luft milde geworden. Bald hat man nur den Himmel im Auge: neigt sich das Schiff, so hebt sich das Meer: es heben sich fließende Höhen, verströmende Hügel am Rande des Horizonts, und das Herz wird einem so leicht! Wie durch ein lichtes Tor bin ich zu dieser Reise ausgezogen, und es schwebt mir das Präludium zu ihr vor.
Ein junger Cellist mit einem duldsamen Gesicht übt manchmal hier oben, doch der Raum ist schalldicht; auch ein reizender Flügel steht darin, allein man hört keinen Ton.

7. Mai

Ah, was man nicht alles erlebt, allein mitten unter Leuten auf einem großen Schiff!
Auf dem Promenadendeck der ›Queen Mary‹ ist in sehr geschickter Weise eine Art offener Halle angebracht. Kommt man also da die Treppe herauf, so präsentiert sich rechts in ihrer ganzen Buntheit eine Buchhandlung, links läuft ein schmaler Gang an der Bibliothek vorbei zum Musikzimmer, und die Mitte nehmen verschiedene Klubsessel ein um einen großen Tisch, daß man alsbald in den Büchern blättern kann, die man erstand. Es waren nur zwei Menschen dort, als ich gestern gegen Abend, von dem Anblick gebannt, ein paar Schritte vor ihnen stehenblieb.
Ein etwa achtzehnjähriges Mädchen saß einem jungen Manne zugewandt, der, mehr im Lichte stehend und heller als sie, mit ihr zu sprechen schien. Es waren Geschwi-

ster; sie glichen einander. Der Bruder durch die Schönheit seiner Umrisse auffallender als seine Schwester; die Nase klein und gerade, zierliche Ohren, die an einem Kopf von so elegantem Schnitt anlagen, daß er fast wie eine Gemme wirkte. Nicht sehr groß, aber sehr schlank, so dachte man sich ihn im bunten Waffenrock mit breitem Ordensband, als Flügeladjutanten eines Monarchen. Dabei lag – nicht in der Haut, sondern der Grundierung des Kolorits, sowie in der schrägen Stellung der Augen vielleicht oder deren Blick – ein undefinierbares und spannendes Etwas, das sie als Israeliten, wenn auch sehr hochgezüchtete, kennzeichnete.

Ich konnte sie nicht länger anstarren, als ich es tat; sie hatten beide etwas, das sie abseits stellte, und Vereinsamung ging von ihnen aus.

Ich suche sie heute schon den ganzen Tag, aber weder in einem der Salons, noch im Kino, noch an Deck, wo heute die Luft so milde weht, noch im Musiksaal zur Stunde, da die Nachrichten des Tages ausgegeben werden, nirgends traf ich sie wieder an. Ein paar englische Herzöge und ihre Damen befanden sich, der Liste nach, an Bord, einen Maharadscha gab's; der war an seiner Tracht zu erkennen.

Doch unromantisch kamen alle Passagiere daher, verglichen mit König Davids Flügeladjutanten und seiner Schwester, dem jungen Geschwisterpaar, das in seinen Gemächern blieb. Es war, als hätte der Schiffsboden sie aufgeschluckt.

Es ist heute so schön an Deck; jetzt liegt man am besten an ungeschützter Stelle; sanfte Winde umstreichen das Schiff. Am Rande des Horizonts hat sich das Blau vertieft; wo es sich wölbt, dort werden morgen die Ufer auftauchen. Es ist Abend. Schon dreimal ist der Maharadscha

in seinem Turban vorbeigezogen, schöne Mädchen ohne Hut, doch nie verweht, denn ein Fixativ hält ihre Locken in Zaum; nirgends aber kommt der Flügeladjutant König Davids mit seiner holden Schwester heran. Und nun ertönt der Gong. Es wird ganz leer hier oben. Heute werden sich alle in Staat werfen zum feierlichen Abschiedsessen mit dem anschließenden Ball. Wozu sich anziehen, wenn man eine Schweigekur hält: sich umziehen genügt.
Es hielt mich nicht lange im Speisesaal; ich wollte in der lauen Luft einige Male die ›Queen Mary‹ umkreisen. Noch lag Dämmerung darüber. Wie lang sind jetzt die Tage!
Es war fast leer an Deck. Aber durch die Gardinchen der beleuchteten Bars sah man Passagiere tafeln, rauchen, trinken, lachen, lächeln und reden. Sie schienen heute besonders zahlreich hier oben; sie feierten Abschied.
Im Freien, mit dem Rücken gegen das Meer, so daß man ihr Gesicht nicht erkennen konnte, lag die Dame mit dem Rassehund neben sich und ließ sich servieren. Er nahm nicht teil an der Mahlzeit und bezeigte kein Interesse dafür, sondern saß unbeweglich, den Kopf den Vorübergehenden zugewandt; er musterte mich mit einem ablehnenden Blick, als ich einen Augenblick vor ihm innehielt. ›Geh du nur deines Weges‹, schien er mir zu bedeuten. ›Wir wünschen für uns zu bleiben, meine Herrin und ich.‹ Ja, die war schlau. Der Anblick der See konnte sie nicht würgen, denn die war spiegelglatt. Und entzog sie sich jeder Annäherung, so hatte sie sich doch vorgesehen. Ei, so ein Hund ist Gesellschaft … Was war denn mit mir los heute Abend? Wo blieb der Rausch des Alleinseins? Zutiefst, mit einem Schlage war ich dessen überdrüssig, als sei eine Wand zwischen dem Leben und mir. Wie eine Abgeschiedene kam ich mir vor, von allen Menschen ver-

lassen und vergessen, ohne ein Zeichen von ihnen, Post gab es hier auch keine, wie im Jenseits... Meine Kabine aufsuchend, läutete ich der Stewardess; sie half mir pakken und mußte mir endlos erzählen von all ihren Fahrten. Nachts blieben meine Luken offen, damit nichts vom Rauschen des Meeres und seinem Atem an mir verlorenging.

8. Mai

Nicht abends, sondern schon am Nachmittag sollen wir landen. So viele Meilen hat die ›Queen Mary‹ wieder eingeholt.
Der junge Cellist brachte italienische Musik aus seiner Kabine herauf, und wir spielten in dem wattierten Zimmer. Er hat einen reinen und schönen Ton. Man kann ihn jeder Kapelle empfehlen. Er heißt Moore und wohnt in Southampton.
Zwei Bücher, die ich entlehnte, sind mir, noch ehe ich sie lesen konnte, abhanden gekommen, und vergebens wird überall nach ihnen gefahndet. Nun muß ich auf einem Zettel meinen Namen beim Bibliothekar zurücklassen. Der war von Anfang an skeptisch. Das Schiff verliert nichts, tröste ich ihn, ganz bestimmt kommen sie zum Vorschein. Da erwiderte er etwas, das auf vernichtende Erfahrungen hinwies. Möchte man es für möglich halten?
Schon ist das Gepäck aus allen Kabinen gesammelt und fortgeschafft worden. Mir wird bang, denk' ich an die Bücher...
Noch ist überall nur Meer, aber es weht etwas Neues in der Hitze und im Licht. Ganz versonnen stand ich an Deck, als mir eine Depesche überreicht wurde: Central Park West 88 soll ich fahren und nicht in ein Hotel. Ich

halte sie, als ginge sie mich nichts an; so wunderlich unklar ist mir zumute.

Central Park West, New York

Eher, viel eher, als ich dachte, schnitten flache Ufer Enklaven in das Meer. Und plötzlich – mir schien es plötzlich – zog in einer ekstatischen Luft Manhattan an uns vorbei. Abbildungen, wer weiß wie oft gesehen, bereiten auch nicht im geringsten auf den Eindruck, ja die Bestürzung vor, mit welcher man diese Stadt zum ersten Male gewahrt. Denn das Licht, in welches diese außerordentlichen Bauten ragen, scheint sie in Erscheinung gerufen zu haben; es ist ihr Partner; es macht ihre Schönheit aus: der Himmel, von welchem diese Stadt der Türme sich abhebt, sowie die Luft, die sie umweht. Aber nicht lange, und der phantastische Zug entschwand unseren Blicken, wie er gekommen war, wie eine Kulisse, die man beiseite schob. Es folgte ein ganz nüchterner Szenerienwechsel, und durch die übliche gedeckte Passerelle gingen wir an Land.
Geduldig wie ein Schaf steht man in einer weiten offenen Halle und harrt seines Gepäcks; wird einem endlich ein Stück davon ausgeliefert, so setzt man sich darauf und wartet weiter.
Die Freiheitsstatue hatte ich verpaßt, war, ohne sie zu sehen, an ihr vorbeigezogen; mit der freien Schweiz wechselte ich dafür die ersten Grüße auf amerikanischem Boden: zwei Freundinnen aus Bern standen zu meiner freudigen Überraschung vor mir, und jetzt ging alles viel schneller. Sie brachten mich zu Central Park West 88, wo ein Elevator ohne Umschweife, als da sind: Stufen, Stationen, Eingänge, Vorplätze, hinauffuhr, so daß ich mit der Lifttüre mitten in die Wohnung hineinfiel, in der ich erwartet war. Die Gardinen eines großen, luftigen Zim-

mers bewegten sich im Winde; fliehende Füße dienender Geister, ein gerüstetes Bad. Wie ein Held, der siegreich vor Troja gelegen war – Agamemnon oder Menelaos –, zog ich durch den Gang, denn die mit Elektrizität geladene New Yorker Luft tat schon ihre Wirkung, und erst als ich Koffer und Hutschachtel, die meine Siebensachen enthielten, hereinziehen sah, erwachte ich aus meiner Benommenheit.

Gegen Abend erschien – schmuck und hübsch – Dorothy Thompson, meine Gastgeberin. Wir hatten uns vor acht Jahren in Paris zum ersten Male fünf Minuten lang gesehen und seither nie wieder. Sie gebot über zwei Sekretärinnen, drei Bureaus, einen groß aufgezogenen Haushalt und, in stets neu zu ersetzenden Kaders, einen Stab reizender Kleider. Ihre Privaträume bildeten ein eigenes Appartement innerhalb des Ganzen. Wenn zu ihnen die Türe nicht offenstand, klopfte niemand an, wurde keiner angemeldet, denn dann arbeitete und diktierte sie. Der große Salon mit dem Flügel dagegen stand mir zur Verfügung. Indem sie ihr eigenes Leben zu führen hatte, war sie natürlich die ideale Gastgeberin für den bei ihr weilenden Logiergast, der sich einbildete, keinerlei Störung zu verursachen und sich seinerseits breitmachte.

Wir aßen zusammen. Es kam dann ein Anruf aus dem Pen-Club – der Kongreß hatte am selben Morgen begonnen, und ein Tag war also schon vergangen –, daß ich um neun Uhr am nächsten Morgen dort sein solle.

»Tut's nicht zehn Uhr?«

Nein, Punkt neun, denn ich solle auch sprechen.

»Oh, das kommt nicht in Frage«, versicherte ich.

»Sie stehen auf dem Zettel, und man erwartet es«, wandte Dorothy Thompson ein.

»Ach, um Gottes willen, es kommt gar nicht in Frage!«

»Einige Worte.«
»Oh, auch das nicht!«
Dorothy Thompson ging ins Rundfunkhaus, wo sie mehrmals in der Woche einen Vortrag halten mußte, und ich blieb allein. Wie die Stars der Filmwelt, war sie die Vedette des amerikanischen Journalismus. Daß sie glänzend schrieb, daß sie sich mit unbedenklicher Großzügigkeit exponierte, wo immer es um die Würde, die Freiheit und Rechte der Menschen geht, gaben auch ihre Gegner zu. Durch die Raumverdrängung, welche ihr Talent wie ihre Stellung in der Welt nach sich zogen, konnte die Entfaltung ihres persönlichen Lebens nicht ohne Einbuße bleiben. Nicht, daß ich dies alles auf Anhieb erkannt, meine Sympathie nahm nur manches vorweg. Gott, war dieser erste Abend allein in ihrer Wohnung schön!
Rosen und Flieder standen in hohen Vasen auf dem Flügel und auf dem Schreibtisch. Eine voll erschlossene dunkle Rose war auch da, die sich in einer mit Wasser angefüllten Kristallkugel aufrecht hielt; wie eine gefangene Prinzessin, deren Hilferufe nicht zur Außenwelt dringen ... Sie sah ihre Schwestern welken. Und sie blühte ungleich länger, aber vertrauert und einsam ihren Duft vergeudend. Glücklicher lebte im zierlichen Glaskasten eine kleine Welt zartester Blattpflanzen und Gräser: denn von dessen Decke und den Wänden rieselte und tropfte Wasser zu ihnen als Ersatz für die Luft. Ich trat ans Fenster. Es tagte noch über dem Central Park, er schien mir recht städtisch: die Bäume hager, das Laub von gelblichem Grün. Zur Rechten aber, auf Armeslänge sozusagen, Manhattan, geisterhaft erblassend wie ein Gebirge, und unter den Bauten, die pfeilgerade zum Himmel schossen, fiel jener anheimelnde weiße Turm besonders auf, der, wenn er niedrig und breit wäre, wie ein österreichisches Haus

aus dem 18. Jahrhundert anmuten würde. Doch ich wollte nicht an Österreich denken, wandte mich ab vom Fenster und wieder den Rosen und dem Flieder, dem Glaskasten, der gefangenen Prinzessin in ihrer Kugel zu, setzte mich zum Kamin, in dem Scheite verglühten, und rührte mich nicht mehr. Kommt die Nacht schneller in diesem Lande? Hatte ich geträumt? Mit einem Male erstrahlten alle Lampen hinter ihren Schleiern, aber auch draußen fuhren helle Scheine durch das Dunkel! Was ging dort vor?
Felsenhohe Burgen – unvorstellbar, wenn man sie nicht gesehen hat – standen lichterloh – eine ganze Stadt für Riesen – nicht brennend, aber in Flammen, zu Raketen erstarrt; ein sprühendes Manhattan, von der Nachtluft umweht. Riesen setzten da wohl über die Dächer, schlugen sich Torbögen und Brücken auf und hielten Gelage. Was ist in Aufruhr? Nichts Ernstes. Es ist ein Spielzeug, aber von welchen Dimensionen, welcher Bewegtheit! Winzig erscheint angesichts ihrer der Mensch. Phantome sind es, ins Ungemessene vergrößert, die er hier projiziert.
Ich raffe mich endlich auf, um in mein Zimmer zu gehen. Auch dort stehen Rosen und eine gefangene Prinzessin, die hinter Glaswänden blüht.

9. Mai

Bei einem Tagebuch – auch wenn es gedruckt wird – sind die Leser völlig ausgeschaltet. Es hat keinen anderen Sinn, auch kein anderes Interesse, als die Meinungen und Erlebnisse des Autors zu verzeichnen. Es ist das lebendige Gegenteil einer short story. Nur der Autor kommt dabei auf seine Kosten. Er allein ist der Held. Mitsamt seinem Tagebuch besteht er oder nicht. Ich habe nie eines geführt, aber wie es damit bestellt ist, wurde mir schon auf der ›Queen Mary‹ klar. Mit dem höchst Persönlichen solcher Aufzeichnungen nimmt es der Autor auf wie mit einem Kreuz, denn vor seinen Lesern zeichnet ihn ja nicht selten die größere Bescheidenheit aus. Und mit einem Tagebuch macht er's ihnen leicht, ihn abzulehnen. Einer glücklichen Zunft gehört er ohnedies nicht an. Das steigt einem so recht auf, wenn man sie versammelt sieht. Bei einem Pen-Club-Kongreß also. Ich hatte noch keinem beigewohnt.

Er tagte sehr weit draußen vor der Stadt in einem Saal der Ausstellung ›The World's Fair‹, richtig so benannt, denn sie kündet sich als ein weitläufiger Jahrmarkt; nah am Eingang einige originelle Fassaden, in der Ferne eine Art Ballon; ich höre, der schönste Pavillon sei wieder der belgische von van de Velde, wie jüngst in Paris. Aber es ist kein Hinkommen, denn die Verkehrsmittel sind noch nicht organisiert. Die Ausstellung ist zwar eröffnet, aber sie ist mitnichten fertig und bereit, nur daß man deshalb nicht darüber herfällt, wie es in Paris geschah. Während ich so den anderen nachtrabe, dem Gebäude zu, in dem wir uns versammeln sollen, von dem es immer heißt, es läge dicht bei, und das nie kommt, schwebt mir die zu früh entschwundene Immerschöne vor, an den Ufern der Seine so hold gelagert: die Pariser Weltausstellung 1937.

Der Friede war in jenem Frühling 1937, da es noch ein Wien gab und ein Prag, die Parole, und er gebot über alle Bauten: nicht Stolz noch Gewalt, weder Großtun noch Herausforderung. Ihr Hauptreiz lag nicht in ihrer ebenso kühnen wie gelungenen Anlage, sondern in ihrer Liebenswürdigkeit. Nichts von Gloriole. Bestes Frankreich: eine große Nation in ihrem schönsten Licht.

Eine Fahrt in der Vedette – so hießen dort die gedeckten Vergnügungsboote – ließ sich kein Besucher entgehen. Lediglich indem er bald nach rechts, bald nach links die

Blicke gerichtet hielt, gewann er den ausgezeichneten Eindruck des Gesamtbildes und machte eine Spazierfahrt, verwirrend und bezaubernd zugleich. Nicht nur die Pavillons, es häuften sich auch die Paläste und Tempel, grellweiße marokkanische Burgen, in dem sanften Sonnenlicht von anderen Himmeln träumend, die Ufer entlang. Der Abend aber war die Stunde für den Eiffelturm, der seine Grundfesten wie gewaltige Orgelpunkte zu eisernen Arkaden auswirft und als die einzige wuchtige Note vielleicht aus der heiteren Stadt emporragte, die gleichsam über Nacht zu seinen Füßen erblühte. Und dort war England, waren Kanada, Schweden und die Schweiz nebenan, und die unzähligen Buden und Bars, wo heißer Kaffee immer floß und heiße Pfannkuchen am laufenden Band dem Ofen entstiegen. Dort waren die teuren Luxusrestaurants und die billigen Biergärten. Dort war das Gedränge um Rumänien und Luxemburg, weil bald hier, bald dort derselbe berühmte Virtuose aufspielte. Doch es dunkelte schon. Und da erst merkten wir die große Schwärze, die von den Menschenmengen entstand, welche durch die acht Pforten eingedrungen waren, in aller Stille, wie es schien, weil das Rauschen der Fontänen ihre Schritte übertönte. Die Nacht brach an, keiner achtete mehr des Virtuosen. Alles strömte den höher gelegenen Punkten oder den Ufern und den Brücken entgegen. Zu spät: Scharen hatten sich dort schon die besten Plätze gesichert. Die Bevorzugten lehnten über den Geländern und warteten. Der Eiffelturm hatte zu leuchten begonnen. Er erglühte wie von einer inneren Flamme, feierlich verschönt sandte er seine ersten Streiflichter aus, und nun brachen seine Strahlen hervor. Künste und Technik? Arts et Technique? Aber war hier die Technik nicht zur Kunst geworden? Eine Märchenwelt für Erwachsene hatte sie hervorgerufen.

Wir leben nicht in einer großen Epoche der Musik. Statt ihrer ist es die Architektur. Hier war sie, ihre Spiele treibend, und hier war Poesie. Die Nächte waren der große Moment der Ausstellung gewesen.
Wie ruhig sich all diese Zuschauer verhielten, deren Zahl man auf viele Hunderttausende schätzte. Seltsam. Sonderbar. Was war mit ihnen los? Sie lagerten auf der Erde, auf den Treppen, sie überzogen die Ufer: beschäftigt, abgelenkt, gespannt, erfreut. Und plötzlich stockte einem das Herz vor der Neuheit des Eindrucks. ›Was war das?‹ dachte man. Diese Leute, diese Massen, sie waren ja glücklich. Fürwahr: sie hatten ihre Sorgen vergessen in einer doch so bangen, verwirrten und bedrohten Welt. Und ein auserwähltes Volk schienen sie, von allen Ländern des Erdballs hier zusammengetrieben. Kein Paradieren von Tanks in neuester Ausführung. Als das, was sie längst sein sollten, als Plunder und Gerümpel stellten sie sich dar. Und hier war der tiefe und eigentümliche Zauber der Ausstellung, der Grund ihres mächtigen Erfolges. Er beruhte in ihrer hellen, heiteren, ihrer menschenfreundlichen Atmosphäre. In dem konstruktiven Element, das hier obwaltete, dem angestrebten Zweck all dieser Erfindungen, diesem Palais des Découvertes, als ein Mittel, das menschliche Leben sicherer, leichter, glücklicher zu gestalten. Weiter nichts. Weniger nicht!
Und nun liegen diese Ufer, von welchen wir nicht wußten, wie beschaulich sie sind, und die eine so große Zierde von Paris sein könnten, ihres Reizes beraubt und in stiefmütterlicher Vergessenheit da, wie zuvor.

*

Endlich hatten wir den Sitzungssaal erreicht, und ich las auf einem Zettel, daß gestern Thomas Mann und Doro-

thy Thompson den Kongreß eröffnet hatten und daß heute unter den Sprechern schlicht und recht mein eigener Name stand. So aus dem Stegreif! Meine Weigerung wollte die Ansagerin nicht kundgeben mit dem Hinweis, daß ich sie bereuen könnte. Aber dies war meine letzte Sorge. Ein sehr zahlreiches Publikum lauschte den wohlvorbereiteten Reden, die eine nach der anderen stiegen, von Borgese mit kleinen pronunciamenti eingeleitet, und auch die im leichten Ton vorgebrachte warf ein Licht auf die trostlosen Aussichten und die furchtbare Lage der Geusen des Tages, der gueux du jour: der deutschen Schriftsteller der Gegenwart. Vergeblich ist das Lebenswerk der meisten; ein Novum in der Literaturgeschichte: sie sehen, wie immer erfolgreich sie waren, ihre Bücher verboten oder verbrannt. Wie viele von ihnen besaßen noch ein Exemplar jedes ihrer Werke? Wenn alles gesagt ist: unser besseres Ich ist es doch, das wir in unseren Schriften ablagern. Es bei Lebzeiten erstickt oder beiseite gebracht zu sehen, bleibt ein unheimliches Gefühl. Pein, d. h. pain (denn es wurde nur englisch gesprochen) war das Wort, mit dem ein deutscher Autor in gelassenem Tone seinen kurzen Vortrag schloß.
Sein Absatzgebiet ist dahin. Wer da Hoffnungen auf die Vereinigten Staaten setzte, weil dort so viele Deutsche leben, hat sich grausam getäuscht. Seine Situation ist nirgends tragischer. Der Haß dort auf alles Deutsche ist heute so groß, daß auch dessen herrliche Sprache davon betroffen wird. Man ist zu weit vom Schuß und gibt sich nicht die Mühe, zu unterscheiden. So liegen die Tatsachen und so sind die Chancen. Es war eine Sitzung, die in trüber Stimmung schloß.
Indes bereute ich in der Tat doch, nicht ein paar Worte der Begrüßung gesagt zu haben. Es hätte sich geziemt,

wurde mir bedeutet, auf das Entgegenkommen hin, das mir der Pen-Club bewiesen hatte. Der Gedanke war mir nicht gekommen.

Kongreß-Alp

Dieser 9. Mai war ein arger, aus der Harmonie des Ganzen herausgerissener Tag, wie ein Vexierbild in die Breite gedehnt. Draußen wartete Dorothy Thompsons Wagen, den sie mir zur Verfügung gestellt hatte – aber doch nicht gleich für den ganzen Tag! Ich wollte ihn ausfindig machen, sobald Thomas Mann gesprochen hatte. Es ging aber schon auf eins, und als Intermezzo wurde uns erst in einer Art Karussell Amerika, wie es in sechzig Jahren aussehen würde, gezeigt: gewiß sehr lustig für die, welche wußten, wie es heute war. Dieser Rundfahrt schloß sich ein luncheon in einem erst ausfindig zu machenden Lokal an. Immer zu Fuß, es gab als Vehikel vorerst nur Rikschas – natürlich keines frei. Und hatte sich die Zahl der Kongreßmitglieder verdreifacht? Es klang wie ein vielhundertfaches Klappern von Tellern und Bestecken. Ebensoviele Cocktails, bis diese alle gereicht waren; das Glas frischen amerikanischen Wassers stand zum Glück schon an jedem Platz. Hors d'œuvres, Huhn, Eis, doch ach, warum nicht schneller! Flüchtige Belebung durch Kaffee, dann zurück in einen anderen Sitzungssaal: 2 Uhr 50, aber kein Thomas Mann weit und breit – hatte er gestern gesprochen? Aber da war ich auf der ›Queen Mary‹, heute ließ er sich Zeit. Aber das Auto meiner hostess! Vor welchem der sieben Tore dieser Burg, in welchen Siebenmeilenstiefeln sollte ich es ausfindig machen?
Endlich nahm der Alp sein Ende. Klaus Mann half mir

den richtigen Ausgang finden sowie den Chauffeur, der nicht umhin konnte, auszusehen, als dächte er sein Teil. In 88 Central Park West riß ich mir die heißen Kleider vom Leibe.
Wer noch nie über den Ozean fuhr, der soll sich nicht gleich am ersten Tag übermüden. Ich stecke ihm diesen Warnungszettel für seine Landung zu. Die Luft in dieser Hemisphäre ist nämlich sehr anders zusammengesetzt als in der unseren. Es kann vorkommen, daß sich dem Neuling eine zu Anfang kaum spürbare Haube über Kopf und Schläfen flicht in Maschen, die sich immer mehr verdichten. Und dann hat er den Schaden.

10. Mai

Ein heißer Morgen. Beim Coiffeur. Warum gibt es kein deutsches Wort dafür? Ist Friseur vielleicht eines? Beim hair dresser also gedachte ich durch eine kühle Kamillenwaschung den Druck zu mildern, aber die anschließende Brennschere verschlimmerte ihn wieder. Von hier zur schönen Elisabeth Hapgood, die mir Kompressen auflegte. Dann ein aus wunderbaren Spezialitäten bestehendes, höchst lokalfarbenes luncheon. Die Haube schien leichter geworden und auch die internationale Lage nicht ganz so schwarz. »Gibt es Grenzen für Stalin?« wurde mein Tischnachbar, ein sehr intelligenter Weißrusse, gefragt.
In den Straßen ging die Hitze wie mit Trauerwedeln um; ich griff nach der Haube; jetzt mischte sich auch Zement in das Gewirke. Wie ein Unglück aussieht, so fühlte sie sich an.
Emily wurde Dorothy Thompsons Jungfer gerufen. Ich nannte sie Emilie, denn sie war Deutsche. Sie trug mir eine ganze Apotheke zu, so daß ich nach einer Weile sogar meine zwölfeinhalb Zeilen zustande brachte, die ich

abends beim Bankett vorzutragen hatte. Die Sekretärin tippte sie.

Es gab keine Klingeln in der Wohnung. Immer öfter hörte man ›Emilie‹ rufen, immer seltener Emily. Ich hatte sie akkapariert. Dorothy Thompson schickte sich darein, ohne einen Schatten. Als sich mir auf der ›Queen Mary‹ jene Depesche ›88 Central Park West‹ in die Hand spielte und ich sie so nachdenklich überlas, ahnte ich nicht, welche Fügung sie für mich bedeutete. Mit Menschen, die man umschiffen muß, geht sich am erfreulichsten um. Sie haben ihre Zone, la zone, wie man in Genf sagt, aber Dinge, die andere als einen Aufreiz empfänden, können für sie direkt einen Anreiz bilden, eigenmächtige Grenzüberschreitungen können sie mit der Großmut des Löwen ignorieren. – Emilie war hereingehuscht. »Mrs. Lewis muß sehr pünktlich beim Bankett erscheinen«, sagte sie und begann mich anzuziehen. Ich rührte keinen Finger.

›Mrs. Lewis‹ war Miss Dorothy Thompson. In Amerika avanciert man zur Miss zurück, und der Gatte hat das Nachsehen. Das künftige Matriarchat – es sei denn, es bräche auch in Amerika der Faschismus aus – zeichnet sich ab. Der Pen-Club-Kongreß, dessen Präsidentin sie war, stand ganz unter seinem Einfluß. Den Vorträgen hatte ich nicht mehr beigewohnt, aber von dem solennen Essen sprach sie mich nicht frei. Emilie steckte mir die zwölfeinhalb Zeilen in den Handschuh. Punkt halb acht Uhr fuhren wir am Hotel Plaza vor und verloren uns sofort aus den Augen. Ah, wie gut hätte ich zurückbleiben können mit der Pflanzenwelt unter Glas, den gefangenen Prinzessinnen, zur Rechten ein funkelndes Manhattan. Fünfhundert Personen waren eingeladen! Bis die alle ihre Cocktails hatten, war es neun. Dann kam wieder das Glas Wasser mit demselben Menu wie auf der Ausstellung. Ich trug keine Handschuhe mehr, und die zwölfeinhalb Zeilen waren glatt verschwunden. Ich kritzelte noch einmal etwas zusammen: es ging auf elf. Eine neue Nessushaube wob sich geschäftig um meinen Kopf. Es galt aber, den nächsten Tag zu überstehen, komme, was da wolle, und ich stand auf. Am Boden unter dem Tisch lag die originale Fassung von meinem Speech. Ich ließ sie liegen und schlich mich ins Freie. Dort wehte eine köstliche Nacht. Phantome trieben ihre Kurzweil in den sprühenden Höhen. O magische Rückkehr nach Hause! Im Eingang standen zwei kleine Handkoffer. Denn Dorothy gedachte noch in selber Nacht, dem Pen-Club voraus, nach Washington zu fahren.

11. Mai

Es wird Ernst mit meinem Tagebuch. Muß ich es gestehen? Wegen dieser für den 11. Mai anberaumten Fahrt bin ich nach Amerika gekommen. Sie ist der wahre Grund meiner Reise.

Was?! um in Reih und Glied vorbeizumarschieren, wegen eines shake hands, dessen schon Millionen teilhaft wurden?

Jawohl. Denn eine Rede des Präsidenten war über den Ozean in meine Pariser Räume gedrungen und hatte eine sehr hohe Meinung von seiner Persönlichkeit in mir hervorgerufen. Diese ist vielleicht die wichtigste, die es heute auf Erden gibt, und ich wollte mit eigenen Augen sehen, ob dieser Eindruck seine Bestätigung finden würde oder nicht. Eine Begegnung, wie immer flüchtig, genügte.

Hatte es mir nicht genügt, am Abend des 31. Januar 1933 in Deutschland Stimme und Sprache des neuen Machthabers zu hören? Bin ich nicht fast die einzige, die ›Mein

Kampf‹ nie gelesen hat? Nicht bedurfte es dessen, nachdem ich am Radio seine Stimme vernommen hatte. Denn erstarrenden Herzens war ich da unverweilt entschlossen, von der schönen Gegend, in der ich lebte, zu scheiden und Deutschland zu verlassen.

Auf leichten Sohlen zog Emilie mit dem Frühstück herein. Ich war schon lange wach, überglücklich, daß mir die Haube nicht aufsaß. »Sie haben Zeit«, sagte Emilie. »Hier ist Ihre Karte. In Ihrem Täschchen liegt alles, was Sie brauchen. Auch Pyramidon. Ihr Abzeichen habe ich an das Kleid geheftet, das Sie heute tragen werden. Ich bringe Sie auf die Bahn. Der Wagen ist bestellt.«

»Was täte ich ohne Sie, Emilie!«

»Beim Auspacken sah ich Ihre Bücher. Dürfte ich mir eines ausborgen?«

»Nur zu. Ich würde sie Ihnen gerne schenken. Aber es gibt sie seit dem Anschluß nicht mehr. So führe ich sie immer mit, wie ein Handlungsreisender seinen Musterkoffer.«

Emilie hatte die Gardinen heruntergelassen. »Es ist heute sehr heiß«, sagte sie. »Nehmen Sie aber zur Vorsicht dieses Jäckchen mit.« Die Rosen dufteten. Die gefangene Prinzessin trauerte in ihrer Kugel.

Wir fuhren. Der Kongreß stand schon ziemlich vollzählig auf dem Bahnhof herum. Es gibt deren nur zwei in New York; sie sind nicht schön, aber praktisch. Alles geht per Elevator. »Weichen Sie nicht von meiner Seite«, sagte ich zu Emilie, »damit ich keine Gespräche zu führen brauche.« Denn ach! ich hatte zu früh gejubelt. Die gefürchtete Haube schloß sich mir wie ein Schnürleib an: Sturmglocken in den Ohren.

Der Zug hatte dreißig Minuten Verspätung. Auf die Wagen, deren Komfort man in Europa so rühmen hört, war ich gespannt: der unsere war kein Pullman, sondern eine sogenannte coach, mächtig lang, so daß sie den ganzen Pen-Club faßte und am Ende noch einige Reihen leer blieben. Dort ließ ich mich nieder, versuchte das Fenster zu öffnen und wurde vom Schaffner daran verhindert. »Air condition«, sagte er stolz. In der Tat, sehr bedingt war die Luft. Neger präsentierten Getränke, Eismassen konnte man für einen Cent aus einem Automaten haben, die Amerikaner trinken immerzu. Man fühlt sich aber eingesperrt in ihren Zügen. Das Problem ist nicht gelöst. Die unseren haben auch ihre Fehler; sie sind mir dennoch lieber.

Miss Beatty, eine angenehme Erscheinung, sah nach dem Rechten. Sie war natürlich eine Mrs. und ihr Mann fuhr auch mit, aber wie der hieß, wußte niemand. Denn *ihre* Führung war es, der wir unterstanden. Die Gegend, wenigstens von der Seite aus gesehen, an der ich saß, ist nicht sehr ansprechend, die Bäume jedoch wurden minder hager, ihr Laub weniger spärlich. Es prangte in üppiger Fülle, als wir fünf Stunden später Washington erreichten. Eingebettet in ein schon ins Bläuliche schimmerndes, fast sommerliches Grün lag die prächtige Gartenstadt. Ein sensationeller Unterschied, denn in New York war es schon am frühen Morgen beängstigend heiß gewesen, während uns hier eine köstliche Brise zuwehte, als wir dem Zug und seiner air condition entstiegen und uns verteilten. Dem Kommando unserer Führerin zufolge sollten wir jetzt direkt ins Weiße Haus. Autos standen genug am Platze. Der Tag war schön. Dorothy Thompson in Blau erwartete uns vor dem Peristyl, bald fanden wir uns dort alle wieder und traten ein. Ja, da konnte man sich gar nichts vormachen, wir waren eine *Herde*. Als kundige Hirtin zeigte sich Miss Beatty, und eigentlich fehlte nur ein großer Schäferhund, der um uns herumstrich, damit wir hübsch zusammenhielten. Paßte mir etwas nicht? – – wieso denn? Weither war ich des Weges gekommen, und munter nahm ich alles in Kauf…

Durch eine innere Tür trat jetzt eine Dame herein und begann eine kleine Ansprache. Sie war brünett und trug ein geblümtes Sommerkleid. Bei aller Sicherheit war ihre Art, sich zu geben, derart einfach, daß ich sie für die erste Sekretärin hielt, Großsiegelbewahrerin einiger Staatsgeheimnisse, die zwar eine Vertrauensstelle einnahm, aber keine de premier plan, wie man sagt.

So ohne jeden Apparat, mit einem solchen Mangel an Prätention, stellt sich kein zweites Mal die Gattin eines Staatsoberhauptes hin. Es war nämlich Frau Eleanor Roosevelt. Fürs erste, sagte sie, wolle sie uns zum Präsidenten hinüberführen, so daß sie selbst erst später dazu kommen würde, uns zu begrüßen und uns das Haus zu zeigen. Auch das!

Jetzt hieß es also, sich angliedern und ihr folgen. Ich ging ziemlich am Ende unserer Schar. Der Weg führte über eine weite Terrasse mit dem Blick auf den Park; viele kleine Tischchen standen hier für uns gedeckt, und eine rotbefrackte Kapelle brach in einen Tusch uns zu Ehren aus und spielte dann eine ungemein flotte Musik. Ah, wie hübsch das war!

Das Arbeitszimmer Roosevelts lag zu ebener Erde und bildete eine Art Pavillon mit einem Riesenfenster, das denselben Ausblick hatte wie die Terrasse. Ihm zugewandt, mit dem Rücken gegen die Tür, durch welche wir der Reihe nach eintraten, saß der Präsident. Es waren viele Diener zugegen, oder waren es Detektive? Denn einer von ihnen hielt den Blick auf unsere Hände gerichtet.

Der Präsident saß, sagte ich schon, rechts von ihm lief ein sehr langer Tisch, zu seiner Linken hielt sich Frau Roosevelt, neben ihr stand noch jemand, war es Dorothy Thompson oder Miss Beatty? ich weiß es nicht mehr und stellte uns nacheinander vor; gesprochen wurde dabei nicht, außer von Frau Roosevelt. Es geschah im Rhythmus eines Verweilens, so daß nicht fühlbar wurde, daß es in Wirklichkeit wenig Zeit nahm. Man rückte sogar ziemlich rasch vorwärts und sah den Präsidenten in Bälde von Profil, wie er die Begrüßung erledigte, als hätte er für diesen Tag keine andere Beschäftigung und keine anderen Sorgen. Macht und Urbanität sprachen aus seiner Haltung. Die weit ausladenden Schultern elastisch, der Torso ohne Schwere, und nichts Abgenütztes in seinem Lächeln. Ja, das ist er, um den's heute geht, von dessen Schicksal das dieser Hemisphäre und vielleicht unserer eigenen abhängt, nicht mehr, nicht weniger: mitten im Gefecht, geschient, gestählt und gefährdet. Exponent unserer eigenen Gefährdung, in die Enge getriebener Bändiger der Hydren.

›Aber jetzt komm' ich schon dran‹, dachte ich. Nur eine Dame war noch vor mir, und sie wurde laut und vernehmbar unter meinem Namen vorgestellt. Mrs. Roosevelt hatte kein Blatt in den Händen. Eine Verwechslung angesichts eines solchen Rudels von Schafen war nicht verwunderlich. Nun ja ... Gleichviel, nicht wahr? ... Immerhin ... und ich trat vor ... es würde sich ja gleich herausstellen, unter welchem Zeichen ich hier vorbeiziehe ...

Doch es kam anders.

»But this is Annette Kolb«, sagte Mrs. Roosevelt, mit dem Nachdruck auf den Taufnamen. Irgendein Atavismus aber, von der ›Mayflower‹ heraufgeweht, ein Impuls natürlicher Courtoisie flog da den Präsidenten an, daß er sich ein wenig aufrichtete und sein Lächeln den Schein annahm, als wisse er Bescheid ... natürlich ... ja gewiß; aber ja ... und als nähme nicht ich, sondern mein Händedruck freundliche Apparencen für die Wirklichkeit, so ergriff ich rasch zweimal seine Hand und ging auf den Schein ein, als sei er bare Münze.

Wieder spielte draußen die rotbefrackte Kapelle, Tafelmusik war es diesmal, man saß, wie sich's gerade traf, der Tag war auf Sonnenschein und helle Schatten weißer Wolken gestimmt, und ich gewährte der Freude in meinem Inneren ein Fest. Als ich Roosevelt Jahre später das zweite Mal sah – er kam gerade von Yalta –, hatte er das Gesicht eines Sterbenden.

*

Wenn dem Reiter in der Wüste umgoldete Minarette, weitgeöffnete Tore von der Ferne winken, oder Paläste, Terrassen, Wasserfälle gar und Seen, die sich schimmernd ausbreiten, so weiß er wohl, daß sie nur ein Spiel der Lüfte sind; dennoch wird sein Auge an ihnen hängen, um vieles froher, als wenn sich ihm Skelette von Kamelen zeigen, in einer bleiernen Luft, unter Wolken von Staub gereckt.

So hing auch ich meiner Fata Morgana nach und spann sie aus.

Es liegt ja im Charakter des Lebens, nicht nur Situationen, auf deren Abenteuerlichkeit kein Romancier verfiele, sondern auch Momentaufnahmen und Bilder zu stellen, ephemer, Spiele der Lüfte auch sie, oder *Wirkungen* mit einem anderen Ausgangspunkt, aber nach demselben Schema sich bereitend wie, ach! die üblen Zufälle? ... Wie dem auch sei: im Blitzlicht eines freundlichen Eindrucks – und die Überraschung der reizend spielenden Kapelle half natürlich, ihn zu heben – zerstreuten sich Zweifel...

Es stimmte etwas mit meinem Leben, und mit meinen Büchern desgleichen. Und sich selber die Treue bewahren, war schließlich keine Utopie.

Lag es an der windgeschützten Terrasse? Mittägliche Schwüle hatte eingesetzt, und man freute sich, kalte Dinge zu essen. Erfrischend war zuletzt auch der heiße Kaffee, der so viel belebender und dabei leichter ist als bei uns. Alles paßte zu der Tafelmusik. Und welche Aussicht hatten wir vor uns! Heiter und friedlich leuchtete der Park in seinem Grün. Helle Schatten lagerten unter den Bäumen.

Wie war das mit Roosevelt gewesen? – Wir hatten eine Schlange gebildet und näherten uns ihm. Erst konnte man nur die breiten Kapellmeisterschultern sehen, den ausdrucksvollen Kopf, ein wenig seitlich geneigt, das Profil, das straffer im Relief ist als auf den Bildern, und endlich hatte man ihn vor sich im vollen Tagesschein. Nichts entzog sich dem Blick. Hier war eine Gewilltheit zu herrschen, getragen von der Unerschrockenheit des großen Kämpfers, dem Widerstände ein Sporn sind, um sich durchzusetzen. Wer auf Schritt und Tritt mit den Fallstricken einer so verseuchten Welt, wie die unsere geworden ist, rechnen, sein Auge darauf gerichtet halten, zynischen Realitäten mit Zynismus begegnen muß, wem obliegt, ein gestählter, findiger und erbitterter Gegner zu sein, um bestehen zu können, der kann sich nur einen sehr bedingten Idealismus leisten; im täglichen Ringen würde dieser besten Falles weit zurückgedrängt werden; aber unleugbar war Roosevelts *Beziehung* zum Idealismus.

Wie schade, daß man jetzt vom Tische aufstand. Es gab noch vieles zu überlegen. Ach, und ich hätte noch stundenlang hier sitzen mögen, auf dieser Terrasse unter diesem Dach, hin und wieder von der Musik sekundiert und den wunderschönen Park vor Augen.
Mußte man sich von der Terrasse trennen, so doch nicht von ihm, denn all die lauschigen und so stilvollen Zimmer lagen in seinem Widerschein, und zu ihnen führte uns jetzt Frau Roosevelt treppauf, über die breiten Gänge, wie ein Torwart von Tür zu Tür zeigte sie sie uns und erzählte ihre Geschichte. Das herrliche Weiße Haus, so reich schon an Erinnerungen, hat etwas vom Charakter eines englischen Landedelsitzes, und daß die Gattin des Präsidenten uns so weitgehend die honneurs desselben machte, lag wohl im Programm dieses Tages; es bestand wohl die Absicht, uns möglichst viel Ehre zu erweisen, weil doch die meisten von uns so vom Stengel gefallen waren.
Bessere Zeiten hatten wir ja gekannt, es läßt sich nicht leugnen, zehn ganze Jahre hindurch. Die Weimarer Republik, kaum war sie aus dem Ärgsten heraus, hegte unter ihren Söhnen die geistigen Arbeiter vor allen anderen; ihnen galt ihre Aufmerksamkeit. Munter hielten wir unsere Vorträge in den Aulen, am Mikrophon, es wurden Preise gestiftet, der alte S. Fischer behielt seine Autoren im Auge, und als Feste verliefen unsere Dichtertagungen.
In dem kleinen Badeort, in dem mein Häuschen stand, an den Wald gelehnt mit dem Blick auf die Vogesen, pflegten im Sommer die Minister, der Staatssekretär ihren Urlaub zu verbringen, und auch der jeweilige Reichskanzler säumte nicht, uns zu besuchen. Galt es doch in jener Zeit, die Dichter zu ehren.

Die Lebensweise dieser Männer war bescheiden, es blühten aber die Künste, Musik und Theater; es wurden unvergeßliche Ausstellungen veranstaltet; schon standen wieder wie einst die Dörfer im Flor ihrer Gärtchen; gewiß, es war ein freies, kulturelles Regime, und das ist viel. Statt ihm jeden Rückhalt zu verweigern, hätte man es stützen, einem Manne wie Brüning die nötige Frist gewähren sollen, um seines Amtes zu walten. Als ein Neuling war er zur Macht gelangt, doch ihm ließ man nicht Zeit. Keine Jahrespläne für ihn. Gehen sollte er, man hatte es eilig, ihn, als er sich eine Pferdelänge vom Ziele glaubte, zu Fall zu bringen. Zu welchem Ende! –
Ein Bollwerk des Friedens hätte mit der Weimarer Republik erstarken können. Von außen verlassen, nach innen schwach, brutalen Mitteln abhold, ging sie nach innen nicht zuletzt an ihrer Anständigkeit zugrunde. Wir wollen nicht dabei verweilen: hin ist hin.
Mit dem protokollären shake hand Frau Roosevelts setzte jetzt das Ende des Empfangs ein. Wir standen wieder im Vestibül. Heute Abend würde sie mit einigen schmucklosen Zeilen, wie immer spät, den Besuch des Pen-Clubs in ihr Tagebuch eintragen. Es erschien jeden Morgen, wurde von zahllosen Zeitungen vervielfältigt und trug eine gewaltige Summe ein, die einem wohltätigen Zweck zugute kam.
Man verstreute sich jetzt, my hostess (ich nannte sie nicht mehr Miss Thompson, noch nicht Dorothy, wie alle Welt) nahm ein offenes Auto, um uns in Stadt und Land herumzufahren.
Wir fuhren durch die in Grün gebetteten Straßen des heiteren und schönen Washington und hielten vor dem Hotel, in welchem Dorothy Thompson bei Tagesanbruch abgestiegen war, um einige Morgenstunden zu verschla-

fen. Mit ihrer oft so abwesenden Miene scheint sie sich zugleich divinatorisch auf die geheimen Wünsche ihrer Logiergäste einzustellen; sie bot mir an, in ihre Zimmer hinaufzuziehen, während sie unten blieb. Es stand uns noch gegen sieben Uhr – Standardtime – ein großer Cocktail bevor, und mein Tag hatte schon zwölf Stunden geschlagen. Ich suchte jetzt meinen Weg durch eine Welt stiller Korridore und aufglühender und verlöschender Birnen zu Dorothy Thompsons Räumen. Dort stand ihre Schreibmaschine aufgeschlagen, und dort auf einem kleinen Diwan zusammengerollt, hätte ich dem Portier gern manchen Dollar geopfert, um dreißig Minuten Schlaf. Doch Morpheus ist ach! wie Philine: »Wenn ich dich liebe, was geht es dich an?«, er kommt nicht, wenn wir ihn rufen. So griff ich nach den Zeitungen, die herumlagen, versuchte auch, Briefe zu schreiben, weil das Papier mit dem Bild des Hauses so hübsch bedruckt war, ließ es wieder sein, steckte aber als Andenken ein paar Bogen ein. Weiter hat die Hoteldirektion nichts an mir verdient.

Der Wind hatte sich gelegt. Es war wieder sehr heiß. Die Temperaturen in den Staaten scheinen es wie die fliegenden Fische zu halten, springen und sinken wie diese. Dorothy Thompson war eingetreten. Sie raffte einszweidrei ihre Sachen zusammen, und von neuem befanden wir uns in Fahrt, zum Haus eines gewichtigen Bankiers dieses Mal, der auch als Zeitungsverleger großen Einfluß besaß. Unter seinen Bilderschätzen hing gleich im ersten Zimmer ein berühmter Cézanne, noch fesselnder für mich ein großes Stilleben – stilles Leben fürwahr – von Manet. Aber nicht in den Räumen, sondern auf der Terrasse und im Garten spielte sich das eigentliche Treiben ab. Im Speisesaal stand funkelnd, wie für Götter gedeckt und mit allen Drinks der Erde beladen, ein gewaltiger Tisch. Ich griff erschöpft nach einem Kristallglas, das enorm viel Eiskaffee faßte. Man war zur ebenen Erde, die Flügeltüren weit geöffnet, sah helle Kleider zwischen den Bäumen flitzen, die, im ersten Safte stehend, in der ersten Glut ihres Grüns rührende Schatten warfen. Damen hielten sich vor mir, deren Clips, deren Täschchen allein, von ihren Hüten und Schleiern nicht zu reden, Zeugnis ablegten vom Money-Dasein ihrer Männer. Der Schnitt ihrer signierten afternoon frocks, ihrer Jäckchen oder Jacken, starrte von furchtgebietender Haute Couture. Dollarbestände, hier überschlugen sie sich schon. Bei so viel Geld führt man keines mehr mit, kritzelt nur im Nepplokal nachlässig seinen Namen unter Ziffern auf ein Zettelchen hin und weiß von nichts, zieht nur bestaunt, ohne Verantwortung und unbeschwert, zum nächsten entertainment.

Obwohl es schon spät wurde, folgten einander noch viele Ankömmlinge, es war offenbar ein ganz großer Cocktail, der da stieg. Weltberühmte Journalisten, mit überanstrengten, aber jungen Gesichtern, Botschafter, allein oder mit ihrem Stab...

Unsere zierliche Hirtin mahnte indes mit leisen Zeichen ihre Schafe zum Aufbruch. Ungern fügte ich mich. Auch Dorothy Thompson hatte ich aus den Augen verloren. Und viel lieber wäre ich die Nacht in Washington geblieben, saß dann aber doch in der leidigen coach, air conditioned. Welche Rückfahrt, mein Gott! Welche rationierte Condition der Luft! Und plötzlich war es elf Uhr statt zehn. Wollte dies besagen, daß man an diesem Tage eine Stunde gewann oder keine? oder zusammen zwei gewann oder vielmehr sie verlor? oder umgekehrt? Gelangte man dadurch früher oder später nach New York?

Da quirlte schon wieder mit der Berechnung der Wahnsinnssprudel in einem auf. Und auch die amerikanischen Züge erleiden Verspätungen (erleiden ist das Wort). So ging es denn auf zwei, als ich mit Dorothy (wir hatten uns wiedergefunden) in 88 Central Park West stand, und wir verbrachten zu Hause noch ein Weilchen in ihrem Salon. Seit fünf Uhr morgens war ich munter, aber ich hatte es geschafft, und jetzt war schon alles eins. Emilie hatte vorgesorgt mit wunderbaren Drinks, wie nur sie allein sie zu mixen verstand. »It was a long day«, sagte Dorothy Thompson. »It was a grand day«, sagte ich. Aber geschworen war's: von morgen ab würde ich die 14 Tage, die mir noch für Amerika blieben, nur mehr leben wie in einem Sanatorium. Jetzt galt es noch, mich von dem Ruß zu säubern –, und drei Uhr schlug's vom Turme.

12. Mai

»You must see Connecticut«, schrieb mir eine Unbekannte, die ich nie gesehen hatte und die es gewiß herzlich gut meinte. Tausendmal lieber jedoch blieb ich zu einem stillen Weekend in 88 Central Park. Einige Enklaven freilich würde es doch geben. Um sechs Uhr sollte unser Kongreß auf dem Dach des Rockefeller-Hauses (das in der Luftlinie so nah von uns lag, als könnte man die Hand danach ausstrecken) mit einem Cocktail verabschiedet werden. Diesmal aber gedachte ich mich abzusondern. Von all den Radiokammern, die uns gezeigt werden sollten, verstand ich noch weniger als von domestic policy. Und so zogen wir geradenwegs 66 Stockwerke zum Televisionstudio hinauf und warteten, bis die anderen nachkamen. Kollege Hermann Kesser bot sich dort zur Aufnahme dar, und weil er sich auf dem Pilatusberg wähnte, sprach er zu unser aller Ergötzen einige Worte in Schwyzerdütsch. Und wirklich war einem auf diesem Dache wie auf einer Alm nach glücklich zurückgelegter Bergtour zumute. Infolge eines herrlichen Kaffees fehlte nichts mehr an dem Höhenrausch. Kuhglocken und Jodler hätten keinen von uns überrascht, obwohl kein Großglockner, keine Alpenkette sich im Dunste zeigten, sondern ein ins Blau des Himmels zerfließender Ozean und Long Island, zart wie ein Blatt hingehaucht.

Schön war dieses Manhattan aus der Vogelperspektive zu sehen, so festlich, so schmuck, das Heute (nicht das Gestern) bejahend, selbst diese Sonne, die so heiter zu sinken begann, als dächte sie nur daran, wieder aufzugehen. Nicht nur Long Island, auch Connecticut habe ich auf diese Weise gesehen; da drüben liegt es, hurra!

Dorothy Thompson hatte ihren Rundfunkvortrag zu halten und war außer Hause. »Erzählen Sie mir von den Amerikanern«, sagte ich zu Emilie, die seit sechzehn Jahren unter ihnen lebte. »Sind sie besser als die Europäer?«

Sie besann sich eine Weile. »Sie sind eigentlich hilfsbereiter«, meinte sie, »und dennoch kommt man hier leichter unter die Räder. Das erstemal erkrankte ich sehr bald. Meine Dame gab mir einen Scheck, und der Herr kaufte meine Schiffskarte nach Europa. Es war Kabinenklasse.«

»Solche Leute hätten Sie doch lange bei uns suchen können.«

»Gewiß. – Zugleich wollten sie mich aber doch auch los sein. Die Seefahrt war so wunderschön, daß ich mich erholte und bald darauf eine neue Stelle annehmen konnte, erkrankte aber von neuem und kam diesmal einfach ins Spital. Aber die Kinder brachten mir Blumen, wer weiß wie oft, und als ich hergestellt war, nahm mich die Familie gleich wieder auf.«

»Möchten Sie wieder nach Deutschland?«

»Niemals«, sagte sie freudlos, »werde ich dorthin zurückkehren.«

Ich forschte nicht weiter.

»Wenn ich mir genug zurückgelegt habe, möchte ich mir hier ein Häuschen auf dem Lande bauen.«

»Gute Nacht, Emilie«, sagte ich.

Auch ich hatte ein Häuschen auf dem Lande. – Wie andernorts manche Bildungen der Felsen Sturm und Regen an sich ziehen, so lockt der Hügel, an den es sich lehnt, die Sonne. Jede Kuppel ist dort bewaldet, alle Berge steigen dort als schwarze Wälder an; doch über kleine Täler, die sich plötzlich auftun, flutet toskanisches Blau, und sogar die Schatten der Tannen sind südlich.

Der Ort selber scheint mir wie vergangen. Es reifte dort die Edelkastanie, die Zeder stand in unverkümmerter Pracht. Früh erblühte ja der Park, lange schlich sich der Herbst; eine halbe Stunde von der Schweiz, näher noch an Frankreich, mit einem Himmel, der an Italien erinnert, lag er ein wenig wie die Insel Nirgendwo im Schoße des Raumes, umweht von einer Luft, die dem Gurren der Waldtauben die weitaus stärkere Existenz zusprach als unserem zeitraubenden Gezänke von damals. Wozu? Wozu? hörte man sie rufen, noch ehe es tagte. Ja! eine Stätte für damals ist er gewesen. Kein tragisches Zusammenrücken des Gesteins, nicht jenes tödliche Erblassen der Natur vor Anbruch der Nacht, wie im Karwendel oder im Engadin, als wäre die Stunde nah, oder als käme sie nimmer ... sondern mit unendlicher Gelassenheit grüßten die Vogesen und der Schwarzwald einander.

*

Mitternacht war längst vorüber. Täglich werden heute neue Schlafmittel zusammengesetzt, denn so viele Sorgen halten uns wach, und wenn es nicht die eigenen sind, so sind es die Ausströmungen all des Unglücks, das angezettelt wurde und wie ein Brand umgeht. Ein Sanatoriumsleben, das ist leichter gesagt als getan. Löschte ich, so fuhr mich der Elevator des Rockefeller-Hauses auf und ab, ohne je unten noch oben anzukommen; drehte ich das Radio an, so verlauteten Nachrichten aus Europa, die alle nichts zu lachen gaben. Zum Glück war als Ablenkung Dorothy Thompson eingetreten.
»Eben heimgekommen?«
»Ja, und ich sah Licht bei Ihnen.«
Es stand immer eine Schale Obst auf dem Tisch, Dorothy schälte sich eine Birne. Sie trug ein camouflicrtes Abendkleid, denn sie war in die Boleromode dieses Frühjahrs vernarrt. »Legen Sie's ab«, sagte ich. Ausgeschnittene Kleider standen ihr am besten.
Unser Gespräch war nicht sehr zusammenhängend. »Ich sehe nicht mehr, wie wir um den Krieg herumkommen«, sagte sie.
»Ja, es klingt wieder verdammt nach fifty-fifty.«
»Sixty-forty«, meinte sie. –
Und so pendelte es hin und her. –
»Jacques Dumaine kommt zum Weekend nach New York.« –
»Wir wollen ein kleines Essen für ihn arrangieren.« –
»Wir wollen«, murmelte ich.
»Sie schlafen ja«, sagte Dorothy und verließ mich. Aber da war der Elevator, und weil ich nicht einsteigen wollte, sauste er wieder mit mir 66 Stockwerke hinauf und 66 hinunter, ohne anzuhalten.

13. Mai

Heute morgen faßte mich ein Grauen. Was jetzt folgt, soll zum möglichen Nutzen des Europäers, Asiaten, Afrikaners oder Australiers stehen, der zum ersten Male amerikanischen Boden betritt. Denn nicht jeder wird sich der Luft ohne weiteres anpassen, zumal wenn er sich in den ersten Tagen allerlei Strapazen zumutet. 66 Stockwerke hinauf- und wieder hinabzusausen, waren vielleicht der Rest oder das Pünktchen auf dem I gewesen, kurz, ein Stahlring hatte sich mir jetzt um die Stirn geschnallt, ein ganzer Kürassierhelm war mir tief in den Nacken gerutscht, und kein Mittel verschlug mehr wider das Sturmgeläute in den Ohren. Heute abend bei dem Essen zu erscheinen, konnte nicht in Frage kommen, es mußte etwas geschehen; bald würde ich anfangen zu stöhnen.

Nun hatte mich im Augenblick meiner Abreise von Paris der Brief meiner Luxemburger Freundin erreicht, die mir für den Fall, daß ich in New York erkrankte, Adresse und Telephonnummer eines Arztes nannte, an den ich mich wenden und den ich von ihr grüßen sollte. Diesen Brief, den ich im Zug gelesen hatte, zog ich jetzt aus meiner Brieftasche und telephonierte an Dr. Gurewitsch, der mich sofort zu sich beschied. ›Wenn er nur kein Besserwisser geworden ist‹, dachte ich, ›wenn er nur tut, was ich ihm sage, dann ist die Sache behoben.‹

Denn in Sachen der Medizin hat der Patient eine Stimme im Rat; aber nur die talentierten und die weisen Ärzte billigen sie ihm zu und ziehen sie in Erwägung, die meisten sind gleich dabei, ihm ihre eigene Diagnose aufzutrumpfen.

Eines hat ja der Patient vor den Ärzten voraus: er klagt allen dasselbe Lied und hört so verschiedenes.

Emilie sah mich zum Anziehen bereit, vielleicht auch, daß ich heute wenig Worte machte. Sie huschte herbei. – Und plötzlich – oft sind es gerade Schmerzen, die unsere dumpfen Sinne schärfen – wußte ich, woher dies sonderbare Gefühl bei meiner Ankunft gekommen war, als zöge ich wie ein Held, der siegreich vor Troja gelegen war, als Odysseus oder Agamemnon festen Schrittes durch den Gang. Es war ganz einfach, weil Emilie, flüchtigen Fußes vorauseilend, so sehr an jene Figuren der griechischen Vasen gemahnte, die Sandalen lösen, Krüge bereithalten oder einen Mantel...

»Mrs. Lewis hat den Wagen unten stehen und fragt, ob Sie ihn brauchen«, sagte sie.

Dr. Gurewitsch hielt seine Sprechstunden in der Lexington Avenue, es war zum Glück gar nicht weit dieses Mal, und ich wurde alsbald vorgelassen. Auch ihm hatte die vorsorgliche Freundin geschrieben, so daß er halb und halb meinen Anruf erwartete.

In dem leichten und sicheren Ton Miss Beattys – so schnell machte sie Schule – sagte ich: »Lieber Doktor, wir müssen gleich einen Aderlaß vornehmen.«

Doch ich war trotz seiner Jugend an den Richtigen geraten. Erst blickte er mich zweifelnd an, überlegte und erklärte sich nach kurzem Hin und Her zu einem kleinen Entzug bereit, den er wiederholen wollte, falls der Druck auf den Kopf sich dadurch hob.

Wir waren uns vor Jahren in Deutschland flüchtig begegnet. Halb Russe, halb Deutscher und Jude, hatte er eine Nichte Balfours geheiratet und wohnte jetzt in einem Vorort New Yorks. Gesicht, Wuchs, Hände, Handgriff, Manieren waren ausgesprochene Gentry. Mittlerweile floß das Blut sehr verdickt und träge in ein Glas.

Er verschrieb mir zwei Rezepte, verlangte, daß ich gleich

zur Apotheke damit ging, und jetzt war ich die Gefügige. Es blieb nur eine große Benommenheit, die Erleichterung aber war unbeschreiblich.
Doch der Tag war noch nicht um, Dorothy Thompson empfing mich mit den Worten: »Wissen Sie, wer in New York ist?« und reichte mir einen Brief.
»Die Großmutter des Teufels!« rief ich und sank in einen Stuhl.
»Sie reist mit der Oxford Group«, sagte sie.
»Ha!«
»Sie kommt morgen um ein Uhr.«
»Die Großmutter des Teufels laden Sie zu Tische ein!«
»Es ist besser, zu wissen, was sie im Schilde führt.«
»Das kann ich Ihnen gleich sagen.«
Wir saßen im großen, das heißt in meinem, Salon, doch die Sekretärin war unter die Türe getreten, und in Dorothys Züge kam der Vedettenausdruck. »Ich habe noch zu diktieren«, sagte sie. »Wir essen Punkt halb neun.«
Mir blieben indes drei Stunden zum ersten Anlauf eines Sanatoriumlebens.

Dorothy dinierte bei Kerzenlicht, auch wenn sie allein war, und sicher ist dies die einzige Weise. – Geistige Kühle entschwebt der stillen Bewegtheit seiner Flamme, und zu feiertäglicher Ruhe glätten sich in seinem Widerscheine die Gesichter. – Wir saßen zu sechst, und ich las Entspannung auf allen Zügen. Außer Jacques Dumaine waren da Armstrong und Roussy de Sales, der Korrespondent des Paris-soir mit seiner Frau. Nie hatte ich bedacht, wieviel Überlegenheit zu einem Journalisten von Rang gehört, wieviel geistige Distanz zu der unablässig treibenden Flut der Begebenheiten, die den Stoff seines Tagewerks bilden, ohne doch sein Element zu werden.

Und hierin unterscheidet er sich von der Norm.
Es war ein reizvoller und harmonischer Abend. Dorothy Thompson trug ein hellgraues Kleid aus schwerer Seide, sehr hübsch, wenn sie saß, aber zu bauschig, wenn sie stand. Was tat sie? ... Sie ging und kam in einem anderen wieder. »Feeling more at home«, sagte sie.

14. Mai

Punkt eins erschien die sonderbare Großmutter. Figürlich gesprochen zog sie in einer Wolke winziger Stechmücken und Flöhe, welche die Luft schwärzten und verdickten, wo sie auch ging. Nicht, daß sie ein Ausbund von Bosheit gewesen wäre. *Wesenlosigkeit* gab den Ausschlag. Niederungen waren ihre Zone, Ehescheidungen und Skandalaffairen ihr Sport. Sie zählte an 83 Jahre, allein der Geltungstrieb, das Temperament, das immer noch in ihren Adern feuerte, prädestinierten sie zu einem Werkzeug des Teufels, machten sie für seine Zwecke so brauchbar, daß er sie immer wieder unterkriegte, sie beritt und in Trab setzte nach seinem Geheiß.
Überall geht ja sein Same auf... bei hoch und niedrig und nach allen Himmelsrichtungen. Amerikanerin von Geburt und aus gutem Hause, mit einem Deutschen verheiratet und seit Jahrzehnten Witwe, war sie zuletzt im Jahre 1916 offiziös beauftragt nach New York gekommen, um ihren Landsleuten die Torpedierung der ›Lusitania‹ als eine einwandfreie Prozedur in einem Vortragszyklus einzureden. Sie war damit von Staat zu Staat so mächtig abgeblitzt, daß sie bald, und wie angenommen wurde auf immer, entschwand. Warum kam sie nach all den Jahren wieder?
Auf viel raffinierteren Sohlen lief sie dieses Mal: als Propagandistin einer Bewegung, die zwar in Deutschland

verboten – denn dort sollte man sich zum Kriege ertüchtigen –, in allen anderen Ländern jedoch gar nicht tatkräftig genug unterstützt werden konnte. Und so befand sich die unheimliche Alte, stark mit Devisen ausgerüstet, schon seit sechs Monaten unterwegs. Sie war noch recht beim Zeug. Nur lag jetzt über ihren Zügen ein betschwesterlicher Schimmel und etwas von der Süße eines vermoderten Konfekts.
Indes hatten wir vereinbart, uns zu stellen, als ob die Sache, in der sie reiste, uns interessiere, ja als seien wir nicht eben abgeneigt, ihr beizutreten. Dorothy ließ Drinks auffahren, bei Tisch französischen Wein, und hatte die Drahtzieher ihres Gastes bald heraußen. Nicht diese, wie gesagt, sondern deren Damen waren, wenn man so sagen darf, die Leithammel und eingeschriebene Mitglieder der Bewegung.
»Und die Juden?« rief ich.
»Wir haben nichts gegen Juden«, erwiderte sie, aber ein grauer Giftschleier füllte ihre Augen wie ein Star; und sie sprach alsbald von der Hochachtung, die man im Dritten Reich für Dorothy hege, denn ehrliche und reine Kampfmittel wisse es auch bei Gegnern zu schätzen. »Indeed.«
»Haben Sie jüdische Mitglieder?« fragte ich.
»Man muß nicht immer«, sagte sie zu Dorothy, »*nur* alles Böse glauben.« In ihrem Dorfe hatte der Postadjunkt einen Juden recht arg mißhandelt: zwei Tage darauf erhielt dieser Mann eine scharfe Rüge. »Solche Geschichten kommen freilich nicht in die Blätter«, schloß sie bitter.
»Also keine jüdischen Mitglieder«, sagte ich.
Dorothy behielt sich in der Hand. So erfuhr sie denn auch alles, was sie zu wissen wünschte. Nicht nur mit dem Konsortium seiner Helfershelfer stand die schaurige Alte

in Führung, sie kannte den obersten Führer selbst, jenes Simulacrum eines Menschen. »Auch in ihm streitet ein finsterer Dämon mit einem lichten, und deshalb muß man ihn gewähren lassen«, sagte sie durchdrungen, und nach einer Pause: »Ich weiß, daß er betet.«
»Von wem?«
»Von Gott«, erwiderte sie mit einem Augenaufschlag von so unbeschreiblicher Räudigkeit, daß wir verstummten.
Dorothy hob die Tafel auf.
Die Großmutter des Teufels hatte wegen des heutigen Meetings noch manches zu bedenken und zu erledigen. Sie überreichte ihrer Gastgeberin eine Einladungskarte.
»Sie werden wohl keine Zeit haben?« sagte sie zögernd zu mir.
»Ich werde leider ganz gewiß keine Zeit haben«, rief ich.
Sie ging.
Dorothy warf sich in einen Stuhl. »Sie sind mir die Rechte«, sagte sie und lachte hell auf.
Ich gab mir am Fenster zu schaffen und wollte frische Luft hereinlassen. Aber angelsächsische Fenster kann man nie aufreißen. Immer zieht eine Scheibe hoch, während man eine herabläßt.
Um acht Uhr holte mich Jacques Dumaine, und wir aßen in seinem Hotel als dessen einzige Gäste. Er gab seinen Hut als einzigen Hut in Gewahrsam, ich meinen Stock als einzigen Stock. Ein vollzähliges Personal und a-giorno-Beleuchtung, denn Licht scheinen die Amerikaner unter keinen Umständen zu sparen. Aber wo steckten sie nur am Sonntagabend, und was tun sie da? Amerika und die Amerikaner waren natürlich unser Thema. Weil manches vereinfacht aussah, meinte er, dürfe man erst recht nicht jump to conclusions. Unter der Oberfläche seien die Dinge wie überall sehr verwoben und kompliziert. ›Jump-

ing to conclusions‹, seufzte ich innerlich, das war es gerade, wozu ich am stärksten neigte. Erstrebenswerte Ziele erkenne ich richtig, stets bereit, darauf loszusteuern. Vor all den Hindernissen, Geduldproben und Leidensstationen, den Zeiterfordernissen gar versagt meine Phantasie. Wir blieben nicht allzulange in dem Hause, dessen gespenstige Leere ein Erdbeben oder eine Sturzflut zu gewärtigen schien, draußen indes stand Manhattan in funkelnden Ziffern, und wie eine Windsbraut erhob sich vom Ozean her die Luft und strich durch die Stadt. Da wir vielleicht auf lange auseinandergingen, sprachen wir über die Chancen des Friedens und die des Krieges. An letzteren zu glauben weigerte ich mich. Aber neulich hatte jemand in bedenklichem Tone geäußert: »Il n'y a que les chapeaux qui m'inquiètent.« Und in der Tat liegt im Charakter der heutigen Damenhüte ein irrsinniges Etwas, ein beängstigendes Nicht-mehr-weiter-Können ... Wie sehr hatte mir doch das Weibstück von heute mittag die Stimmung verdorben. Jacques Dumaine wollte noch zu dem Rummel in der Madison Avenue, der übrigens nur kurz anhielt. Ich wollte mich schlafen legen, da kam Dorothy schon zurück mit Sinclair Lewis, der sie begleitet hatte; und ich mußte mich im Schlafrock, wie ich war, noch eine Weile zu ihnen gesellen. Morgen aber, das war sicher, würde mein Sanatoriumdasein allen Ernstes beginnen. Sinclair Lewis erschien zwei- oder dreimal in der Woche, um Dorothy zu holen, und sie hatte dann statt des Vedetten- ihr Jungmädchengesicht, das so reizend war.

15. Mai

Nun bin ich schon seit acht Tagen hier und fahre heute abend nach Princeton bis zum 20. Am 25. geht mein Schiff. Emilie packt.

»Lassen Sie alles hier, was Sie nicht brauchen«, sagte Dorothy, »und kommen Sie wieder.«
Ich ließ es mir nur zweimal sagen. »Aber wo ist mein blaues Kostüm, Emilie?«
»Das ist beim Cleaner. Es ist sehr ramponiert von Washington zurückgekommen.«
Sie brachte mich zur Bahn, besorgte die Fahrkarte, die Abendblätter und empfahl mich dem Conducteur, damit ich an der richtigen Station aussteige. Dort holte mich Katia.

Princeton.

Thomas Mann bewohnt hier mit seiner Familie – was gerade von ihr aus- und einflitzt – ein großes, sicherlich von einem Engländer erbautes Haus. Denn es ist – bis auf die nachträglich eingebauten Badezimmer – reinstes early Victorian. Sogar ein conservatory ist darin. Im Garten sind alle Tulpen im Flor, auch der Dogwood-Baum mit seinen Strahlenblüten, die vom Himmel gefallen scheinen. Wir kennen ihn bei uns nicht, noch seinen feinen Duft, der sich bei uns vielleicht verflüchtigen würde, wie hier etwas von dem des Flieders und der Rosen verlorengeht. Auch dem der Veilchen sagt man es nach.
Was aber sehe ich rechts von meinen Fenstern stehen? Eine Gruppe von Tannen und darunter einen Tisch mit Liegestühlen. War es nicht so vor Thomas Manns Haus in Küsnacht bei Zürich? –
Katia bewohnt ein riesenhaftes Puppenzimmer, und man denkt an Romane von Dickens, an Krinolinen und Schmachtlocken, Tee und geröstete Scheiben. *Englische* Gemütlichkeit jedoch ist das ... und ich sehe wieder zu den Tannen hin... Mächtig ergreift mich eine Erinnerung; ich werde darauf zurückkommen müssen... Aber

nicht heute. Schon brennen die Lampen in all den victorianischen Zimmern. Bei Tische sind wir zu neunt. Morgen wird es anders sein. Thomas Mann und Katia fahren über Land. Das Wetter ist schön.

16. Mai

»Das sollst du haben«, sagte Katia, als ich ihr meinen Plan mitteilte, meine Tage bei ihr wie in einem Sanatorium zu verbringen.
»Was willst du morgens? Tee oder Kaffee?«
»Bald dies, bald das.«
»Grapefruit?«
»O ja.«
»Und sonst?«
»Was es gerade gibt; je nach Laune«, sagte ich.
Katia brachte mir selbst das Frühstück herauf, und wir sprachen von den Zeiten, die wir in München verlebt hatten. Gegen Mittag fuhr sie auf 24 Stunden mit ihrem Manne über Land; gestern abend saßen wir zu neunt, heute sind wir nur zu dritt. Von den Kindern sind mehrere nach New York, das nur eine Stunde von hier liegt.
Nach Tisch unter den Tannen.
Wieder glaubte ich in Küsnacht zu sein. Nur der Neger, der den Kaffee auftrug – er, seine Frau, eine hübsche schwarze Köchin, und sein jüngerer Bruder bilden das Personal – gemahnte mich an die Wirklichkeit. Allein unter den Bäumen zurückbleibend, überließ ich mich der Stimmung. Ja, durch die Zweige glaubte ich immer wieder den Zürcher See aufblitzen zu sehen, und es war doch nur das Gitter des gegenüberliegenden Gartens, das die Sonne beschien. Erinnerungen an den Hausherrn beschäftigten mich, er war eleganter, beweglicher und jugendlicher als in seiner Jugend, und er hatte sich verschönt...

Ist das wichtig?
Es ist wichtig.
Bis zu unserem 30. oder 35. Jahre ist die Natur für unser Äußeres verantwortlich. Dann erst kommt ein Tag – es mag sein über Nacht –, an dem wir selbst als unsere Schöpfer stehen. Man bemerkt solche Wandlungen wohl, doch im Vorübergehen sozusagen, ohne sich viel Rechenschaft zu geben. Der Vorgang kann aber auch als ein Phänomen in Erscheinung treten, so daß er unsere Aufmerksamkeit, ja sogar eine Art Bestürzung in uns hervorruft.
Vor einem Jahr, oder anderthalb Jahren, kurz bevor er sein Schweizer Asyl verließ und nach Amerika übersiedelte, war ich zum letzten Male in Küsnacht. Es war ein schöner Tag, dasselbe Licht, dieselben Schatten wie heute; dieselbe Stunde. Wir saßen zusammen unter solchen Tannen wie diesen, und ich staunte im stillen über die sonntägliche Glasur, wie soll man es nennen, welche die Züge des Hausherrn zusammenschloß: Reflex einer Gesammeltheit. Ein heimliches Feierkleid, eine geistige Gala, was weiß ich ... Es war Zeit aufzubrechen, denn ich kannte die Einteilung seines Tages. Zu guter Letzt kam aber noch sein Beitrag – in ›Maß und Wert‹ –, das neueste Kapitel zwischen Lotte und Riemer aus seinem Buche ›Lotte in Weimar‹, zur Sprache; es war mir ein wenig peinlich einzugestehen, daß ich es noch nicht kannte, denn jemand hatte mir das Heft entführt. »Ja, lesen Sie es«, sagte Thomas Mann einen Grad lebhafter als sonst, trat ins Haus und kam mit einem Separatabdruck wieder, den er mir gab.
Den ganzen Tag unterwegs, mit diesem Separatabdruck unter dem Arm, konnte ich erst nachts in meinem Hotelzimmer mich ihm widmen.
Wen faßten nicht Schauer, während er in diesen Seiten vordrang?

Nicht nur Goethes Wesen, sondern das des Genies überhaupt und dessen Vereinsamung in der Erkenntnis, erhellt hier mit einer sonderbaren Macht. So mancher, als er diese Seiten las, mochte das Heft in die Ecke schleudern, überkommen von Gram über unsere heutige Welt, die den Dichter aus seiner Sphäre in die Arena der Politik verweist, ihn dem Drängen und Schielen und der schlechten Luft, die in ihr vorherrscht, anheimstellt. Auf das Treibende statt auf das Seiende soll er sein Auge richten, und während er sich mit der größten Selbstentäußerung dazu anschickt, haben sich diese Dinge schon wieder anders zusammengesetzt und sich auf dem schwankenden Grunde, auf dem er bestenfalls nur hospitieren kann, schon überholt. Doch wir kennen den heimlichen Lauf der Quellen des Parnasses nicht. Die Musen wissen, wen sie trösten, wen sie krönen, wen sie schmücken.

*

Ich blieb unter den Tannen liegen; hier war es am schönsten; die Tulpen blühten zu einem zarten und heiteren Maihimmel auf, und Stille herrschte weit und breit. Daß Princeton mehr Garten war als Stadt, konnte man schon bei der ersten Einfahrt erkennen. Die Häuser tun es den Anlagen und Bäumen, hinter welchen sie stecken, an Raumverdrängung nach. Mein Kleiderschrank hat den Umfang eines mäßig großen Hotelzimmers.
Die Nachmittagspost brachte mir wieder eine Einladung seitens Unbekannter, nach Connecticut zu kommen. Menschenmüder und abgebrühter sind die Europäer als die Amerikaner. Dies läßt sich sicher ohne jumping to conclusions von ihnen sagen.
Es bleibt mir noch ein einziges Weekend in diesem Lande! Und ich will es in New York verbringen. Noch acht Tage,

und es fährt mein Schiff. Ich könnte ein späteres nehmen, will aber nicht. Ich möchte wiederkommen und will eben deshalb dieses Mal nicht länger bleiben. Dieses Mal? Wer sagt mir, daß es ein anderes Mal für mich geben wird? Was drängt mich zurück?

17. Mai

Die Universität, die Rasenflächen, die Säle, die vielen Kirchen sind alle nach englischem Stil. In der schönen und beschaulichen Bibliothek las ich heute morgen einen ungemein interessanten Aufsatz von Roussy de Sales: »What makes an American?«; man hätte ihm als Untertitel geben können: »Does an American know?« Sofern einer in sich drinnen steckt, kann er sich unmöglich überblicken. Dasselbe gilt von den Nationen. Eine halbe Zugehörigkeit schafft eine Stimme im Rat, ob sie vernommen wird oder nicht. Was Roussy de Sales vom Amerikaner, von der englischen Sprache in Amerika, von ihren Ansätzen, ihrer Erneuerung sagt, ist alles von einer Gültigkeit, die nicht nur eine Kenntnis des Amerikaners von innen heraus, sondern auch die ausschlaggebende Distanz jener halben Zugehörigkeit voraussetzt. Man denkt aber nicht daran, Mischlinge als Vortragende Räte heranzuziehen. Dennoch wissen sie am besten Bescheid.
Draußen sangen die Vögel; alle in einer Sprache, während ich mich auf meinem Heimweg verirrte... Wer konnte mir in Princeton, New Jersey, zuwinken?... Es sind Manns, die früher, als sie erhofften, von einer Landpartie zurück sind. Ich eile auf sie zu, und wir fahren zusammen nach Hause. Die Strahlenblüten des Dogwood-Baumes duften ins Blau, die Tulpen in Sicht, saßen wir wieder vollzählig unter den Tannen.

18. Mai

Wie schnell vergeht die Zeit, mein Gott, in diesem selecten Sanatorium. Übermorgen verlasse ich es schon, und dann bleiben mir nur noch vier volle Tage in New York, die angefüllt sein werden bis an den Rand.

19. Mai

Heute nachmittag hielt Thomas Mann in einer Kirche einen Vortrag; als Exponent eines geretteten Deutschlands, der seine Stimme erheben konnte, weil er nicht dort lebt. Unter seinen Zuhörern zweifelte keiner, daß es ein solches Deutschland gibt, und man las von ihren Gesichtern die Teilnahme ab.
Erika ist aus New York zurück. Alle im Hause sind beschäftigt. Katia in ihrem großen vielfenstrigen Puppenzimmer, stets um andere bemüht; Klaus an seiner Schreibmaschine, Golo desgleichen, titulierte Nichtstuerin bin nur ich unter den Tannen und lasse mich leben.

20. Mai

Als Katia mir das schwere Frühstückstablett heraufbrachte, sagte sie: »Heute mußt du mit uns kommen.«
»Wohin?« frage ich ohne Elan.
»In die Gegend von Philadelphia zu einem Konzert.«
»Was für ein Konzert?«
»Spiritual Songs von Negern; es heißt, daß sie ganz herrlich singen. Alles Studenten. Wir werden um elf Uhr abgeholt.«
»Da müßte ich ja schon bald aufstehen.«
»Ja, mach schnell«, sagte Katia und ging.
Spiritual Songs – zehn Minuten lang schön und gut. Aber ein ganzes Konzert von Spirituals? Wie stand es damit?

La musique doit toujours nous surprendre; und Spirituals nicht nur von einem Neger, sondern von vielen Negern, vielleicht von Hunderten sogar bestritten? In der Pariser Ausstellung 1937 stand eine wunderhübsche Kapelle, von Kongonegern erbaut, mit rührend feinen Plastiken von Kongonegern an den Pforten – aber die erdrückende Monotonie von Dauer-Spirituals? ... als Abschluß meines Sanatoriumdaseins, dieser Atempause, dieser Enklave meines Lebens? Es war ein heißer Morgen ... Halb angezogen sah ich mit einem schweren Kopf zu den Tulpen hinunter; in dichten Reihen standen sie im Kreise, stramm und gerade wie auf immer. Katia trat ein.
Ich hatte mir schon leidende Töne angewöhnt! Weder auf der Fahrt, machte ich geltend, noch während der Spirituals hätten wir etwas voneinander und während des luncheon im Freien bei der Hitze erst recht nicht; denn dann würden sie bei den Honoratioren sitzen. So blieb ich denn zurück und aß allein mit Golo; er unterhielt mich durch seine kaustische Ausdrucksweise, doch bis zu den Tannen gelangten wir nicht mehr. Denn es brach ein kurzes, aber so heftiges Unwetter los, daß es alle Blüten des Dogwood-Baumes erschlug, bis zum nächsten Mai, und auch die flotte Tulpengesellschaft war tot und dahin, kurz war ihr Frühling gewesen, doch sie waren schon vorgemerkt für den des kommenden Jahres. Was aber würden wir indessen erleben?
Ich packte meine Siebensachen, dem Garten abgewandt, der einen finsteren und winterlichen Anblick bietet. Da kommt Katia zurück mit einem höchst dekorativen weißen Kamelienbukett an ihre Jacke geheftet. Zwar ist Thomas Mann flugs in sein Arbeitszimmer gehuscht, aber da sie viel früher zurückgekommen sind als erwartet, liegt noch der ganze Nachmittag vor uns, und ich fahre erst spät nach New York. Wir nehmen den Tee, und unsere

Gedanken sind schon Europa zugewandt. Sie fahren zwei Wochen nach mir auf der ›Ile de France‹.
Wir nehmen Abschied.

Emilie stand auf der Bahn, und getreulich nahm sie mich und alles, was ich mit mir führte, in ihre Obhut. In meinem Zimmer trauert, voll erblüht und aufrecht in den einsamen Fluten ihrer Kristallkugel, eine neue Rosenprinzeß. Lebendig aber rieselt Wasser zu den Gräsern und Blattpflänzchen in dem gläsernen Kasten. Schon blaut draußen die Nacht, ein Hochgebirge von Burgen feuert zum Himmel, und eine brausende Luft, als Ergebnis des Sturmes in Princeton, weht durch das Haus. Die Wohnung ist leer, Dorothy auf einer Party, aber eine liebenswürdige Zeile von ihr heißt mich willkommen, und was in aller Welt könnte ein Logiergast, der schon wieder gekommen ist, Freundlicheres lesen als die drei Worte ›I missed you‹, die nur einer ›ideal hostess‹ in die Feder fließen konnten.
Warum fällt mich dennoch eine Trauer an? Über den kurzen Aufenthalt in diesem Erdteil vielleicht, den ich kaum betreten habe und schon verlasse? Nein. Zwar eine Saite in mir ist hoch gestimmt in dieser festlichen Stadt, aber unsagbar stark zieht es mich zu den Ufern zurück, von welchen ich gekommen, an welchen ich verankert bin, ob man noch so schweren Herzens hindenkt zu ihnen.
Um ein Uhr morgens sah Dorothy zu mir herein, nahm einen Apfel von der Schale, und wir plauderten.
Sie war noch im Hut und eben nach Hause gekommen, abgespannt und verstimmt.
»Sie übernehmen sich, Dorothy.«
Sie gab es zu. Auch wollte sie am Freitag in ein Sanatorium, zu einer rest-cure.

»Auf wie lange?«
»Fünf Tage.«
Ich vergaß, daß die meine auch nicht viel länger gewesen war.
»Dann kommen ja meine Ferien«, sagte sie. »Erst besuche ich meinen kleinen Sohn.«
Für später hatte sie allerlei Pläne: die Qual der Wahl.
»Vielleicht komme ich auch nach Paris«, sagte sie.
»Tun Sie das!«
»Wenn es keinen Krieg gibt.«
»Immer dieser Krieg.«
»Sie glauben nicht daran?«
»Ich will nicht!«
»Sixty-forty!«
Es schlug drei Uhr. Mainacht. Schon war sie ergraut. Die Vorhänge bewegten sich in der Luft des kommenden Tages. Dorothy konnte bis in den Mittag hinein schlafen. Darin war sie glücklich. Ich bleibe schlaflos bis zum Morgen.

21. Mai

Es muß viel hineingehen in diese letzten vier Tage. Zunächst noch ein Besuch bei Dr. Gurewitsch. Größerer Aderlaß, wie verabredet, und endgültige Behebung des lauernden Druckes und der immer wieder sich sammelnden Kopfschmerzen. Er ist nicht zufrieden. »So schnell wächst man nicht hinein in das Tempo dieses Erdteils«, sagt er.
Da packt mich ein Grauen vor meiner Feder. Ungeschrieben bleiben die Begebenheiten, Erlebnisse, die Unternehmungen und Besichtigungen dieser letzten vier Tage meines ersten New Yorker Aufenthaltes.
Ich liege in meinem Zimmer, das ich heute kaum betrat; denn Emilie erklärte, lieber ohne mein Beisein packen zu

wollen. Nun stehen Koffer und Hutschachtel bereit. Auch für die Zettel, die mit dem Namen des Schiffes aufzukleben sind – sonst darf man es nicht besteigen –, sorgte sie vor, die Sekretärinnen haben sie beschafft. Nur das Kleid, das ich heute abend tragen soll, hängt über dem Stuhl. So gut ist es mir gegangen in 88 Central Park. Herz, mein Herz, was nun? – Sozusagen ohne rechts noch links zu sehen, wie von einem Nachbarort herübergeweht, habe ich meine Tage hier verbracht.

An Bord des ›Champlain‹
25. Mai

Wir sind in Fahrt. Manhattan, die Freiheitsstatue, die Ufer, die Inseln, dünn wie Blätter hingehaucht, sind von der Bläue des Himmels und des Ozeans verschlungen. Schon wölbt sich ein tieferes Blau, ein ekstatisches Indigo verströmt am Rande des Horizonts. Unser buntes Schiff zieht nach Osten. Mein amerikanischer Spaziergang liegt hinter mir.

Man ist gern allein mit einem solchen Tag und einem solchen Meer. So ließ ich meinen Liegestuhl wieder schön abseits stellen, ehe ich mich auf dem ›Champlain‹ umsah.

Er ist viel kleiner als die ›Queen Mary‹, aber charmanter und gemütlicher. Meine Kabine freilich ist so klein, daß meine vier Gepäckstücke – nur einer meiner Handkoffer ist ansehnlichen Formates – den ganzen Fußboden beanspruchen. Da packe ich gar nicht aus, steige darüber und wieder an Deck. Dort oben ließ sich gewiß am besten ein großangelegter Plan ausdenken, wie und unter welchen spitzfindigen Begründungen ich dieses Mal wieder aus dem winzigen Raum in den erträumten weitläufigen, allen meinen Wünschen konformen state room gelangte. Nicht fünf, sondern sieben Nächte währt ja unsere Überfahrt.

Mußte sie da nicht im selben Stile wie auf der Hinfahrt sich begeben?
Ja, hier oben wehte ein köstlicher Wind. Wo aber war mein Liegestuhl hingekommen? Zwei Stewards halfen ihn suchen. Und er fand sich endlich, nicht mehr in einer Ecke, sondern eingezwängt zwischen anderen. An manchen Stellen hatte man sie sogar in doppelten Reihen aufgestellt; das Schiff ist überfüllt.

26. Mai

So blieb natürlich diese winzigste Kabine des ›Champlain‹ mein Anteil. Diskrete Erkundigungen wegen eines triumphalen Einzuges in dessen größte stießen auf ein höflich kaltes non-recevoir. Dem Passagier von vor hundert Jahren wäre die mir zugefallene ja als die Erfüllung eines tollkühnen Traumes erschienen. Da plätscherte Wasser heiß wie kalt in den blanken Tisch, da standen ein Schrank und eine Kommode, und an Glühbirnen war kein Mangel. Dennoch packte ich nur das Nötigste aus. Was Emilie an Ordnungssinn geleistet hatte, grenzte an Innenarchitektur. Ich brachte es nicht über mich, in so viel Symmetrie störend einzugreifen. Nie brächte ich meine Sachen auch nur annähernd wieder so hinein. Die halbleeren Koffer schob ich unter das Bett bis auf die Hutschachtel; sie war zu hoch und kam auf den Stuhl. Stuhl gibt es also keinen. Aber eine leicht zu öffnende Luke gibt es.
Zwei interessante Amerikanerinnen haben ihre Liegestühle neben mir: zunächst die noch jung aussehende Mutter; ihre schmalen Schuhe, die Hände, die kostbare Tasche, das Buch, das sie daraus hervorzieht, die ergrauten aber anmutigen Locken: schmuck, zier, nett, neat, dainty sind die Worte dafür. Wie aus einer Schachtel (mit viel Seidenpapier) ist sie gehoben.

Die Tochter, einen Kopf größer, könnte für die herrlichste Galeone aller Zeiten und aller Schiffe Modell stehen. Die Züge sind noch unbestimmt. Das Haar im Winde, kommt sie und geht.
Jeder will heute unter freiem Himmel sein. Vom Saale her ertönt Musik, die ebenso schlecht ist wie auf der ›Queen Mary‹. Einer der Streicher wäre unter Umständen nicht ganz übel, aber das Zusammenspiel ist miserabel.
Pfingsten ist vor der Tür.
Es naht die Stunde der Frühlingsschatten am Waldesabhang und tief im Tale, wo in holder Melancholie der Baum sein Blütenkleid ausbreitet, weil die Sonne es nicht mehr bescheint. Aber voll und heiß liegt noch ihr Glanz über den Wiesen, und wer kennt den Glückstaumel des Schmetterlings, der im Hauche ihrer Blumen, ihrer Halme flattert? Weit von solchen Welten sind wir hier. – Doch wie ist das? ... Kann es sein? ... Daß mächtiger noch als auf dem Festland pfingstliche Lüfte zu jenen strömenden Fernen, ihren Himmeln wehen?

27. Mai

Schon gestern kam ich mit der Mutter der Galeone ins Gespräch. Heute vertraut sie mir an, daß ihre Tochter eine Verfasserin von short stories zu werden gedenkt. »But first she wants to have some fun.«
»Oh yes, let her!« rief ich.
Indes hatte sich der künftige story star zu uns gesellt, und wir unterhielten uns mit der Unbefangenheit von Reisegefährten, die sich bald auf immer aus den Augen verlieren werden.

*

Es ist wolkig und kühl geworden, als wolle das Wetter umschlagen. Die See ist grau. Ach, wie froh wäre ich jetzt um eine Ablenkung! Lachen zu können, einen komischen Film zu sehen! Warum kommt die Galeone mit ihrer Mutter nicht daher? Immer sind sie unterwegs. Mir ist viel schwerer zumute als auf der Hinfahrt. Die Lage hat sich doch nicht wesentlich verschlechtert. »Fifty-fifty« sagte Dorothy Thompson. »Sixty-forty« meinte sie zuletzt.
Es war reizvoll, wenn sie, wie spät es immer sein mochte, bei mir eintrat, weil sie Licht gesehen hatte, und sich an den Tisch setzte, eine Orange schälte oder in den Spiegel sah, ihre Jäckchen aus- und wieder anziehend, in die Jäckchenmode des Frühlings vernarrt. Trotz ihrer anstrengenden Tage und ihrer vielen Parties ging viel Alleinsein von ihr aus.
Die Flagstad ist an Bord. Ich weiß nicht, wie sie aussieht, doch wird sie ein Briefchen von mir kriegen, ehe ich an Land gehe.
Um die Galeone ist schon ein Geriß an Bord. Im Schwimmkostüm und im Abendkleid ist sie unheimlich schön: die Zeichnung ihrer Knabenbüste, der Perlenschimmer ihrer Achseln: mehr junger Gott als Mädchen. Ein junger Ehemann, der auf der Hochzeitsreise ist, schlägt einen väterlichen Ton mit ihr an, und ich höre ihn zu seiner Frau sagen: »Mein Genre ist sie nicht.«

28. Mai

Was für eine Nacht liegt hinter mir! Durch die offene Luke das Brausen der Wellen, den Pulsschlag des Meeres zur Hand! Wie in einer Muschel, einer rauschenden Schale der Vergessenheit, werde ich hingezogen.
Der Morgen war eine einzige Bläue. Im großen Salon, so groß, daß er die ganze Breite des Schiffes einnimmt, wur-

de die Messe gelesen, und blau wogte es von rechts und links in den Saal. Der Streicher, der am erträglichsten spielt, übertraf sich mit seinem Solo. Zum Schluß erging, von einem Campanile auf das glücklichste übertragen, Glockengeläute über das Schiff. Es war betäubend, als ginge man zwischen Feldblumen dahin, und als wehten Birken über den Weg...

Zu Wasser wie zu Land sind solche Feste der Natur selten. Von Stunde zu Stunde steigert sich ihr Glanz, das Ausschweifen, das Einswerden ihrer Farben.

Wer schnell zu Mittag aß und dann gleich an Deck stieg, der hatte es ganz für sich allein. Dann war kein Laut weit und breit als das Rauschen der Wellen und des Schaumes, der schneeweiß abstach von ihrem heftigen Blau. Gegen die Reling gelehnt, war ich Herz an Herz mit diesem Tage und überdachte mein Leben, zu gleichen Teilen benachteiligt und begünstigt, wie es schien.

Aber heute will auch ich feiern. Eben blitzte ein Delphin fröhlich silbern zur Sonne auf; es ist früh am Nachmittag, windstill und fast heiß. Das ungeheure Fest nimmt seinen Verlauf. War es am Ende die Parole dieses Tages, der mit Glockengeläute anhob und auf hoher See im Zeichen stieg von grünen Wegen und von Birkenlaub?

29. Mai

Gestern ging es hoch her auf dem ›Champlain‹: großer Ball und attractions. Unter den Tänzern der Galeone war ein dekorativer Jüngling aus Südamerika, den die ganze Familie nach Lausanne begleitete. Er hatte dort seine Studien unterbrechen müssen, weil ihn sein Vater aus Angst vor der Kriegsgefahr aus Europa zurückberief. Sie schien ihm also jetzt behoben. Die Mutter der Galeone, die schon alle Welt auf dem Schiff kannte, zeigte mir

auch die Flagstad. Ihre Haltung ist von charmanter Einfachheit.
Heute weht wieder eine Luft wie im Paradies; es ist noch früh am Tage, doch kreuzte ich mich schon mit der Galeone im Schwimmkostüm. Die Damen wohnen auf derselben Seite, und wir haben den gleichen Gang, sie aber rühmen ihre große schöne Kabine mit dem Bad gegenüber; gesehen habe ich sie nicht, sondern nur die meiner Nachbarin von links, deren prachtvollen Kater ich besuchte. Denn sie bringt ihn nicht mehr an Deck; Seereisen sind ihm ein Greuel, und er jammerte und miaute ohne Unterlaß. In was für eine Welt mußte er sich hier versetzt sehen – ohne Gassen, Gärten, Dächer und Fenster, um hinaus- und hinaufzuspringen und zu scharmutzieren!
Meine Damen von rechts führen einen wahren Flor von Kostümen und Abendtoiletten mit. Sie könnten jederzeit vom Fleck weg bei einer Modeschau antreten. Wie meistern sie es nur? Sie reisen ohne Jungfer. Das tun die meisten Amerikanerinnen, selbst wenn sie sehr reich sind. Sie haben dann Sekretärinnen, und die bleiben daheim. Vielleicht warf auch die Mutter der Galeone, wenn sie im Nepplokal speiste oder im Blumenladen vorsprach, ihren Namen scheinbar unverbindlich auf ein Zettelchen, als könne es nach Belieben davonfliegen.
»Wie machen Sie es nur, um Ihre vielen Kleider ein- und auszupacken?« fragte ich.
»Aber das ist doch nicht schwer«, meinte sie, »heutige Kleider nehmen so wenig Platz.«
›Nicht schwer‹ nannte sie das. Aber man sah ihr ja an, wie beneidenswert geschickt sie alles Gegenständliche handhabte. Und ich indessen hatte nur die nötigsten Sachen aus meinem Gepäck hervorgezogen und wagte mich nicht

mehr daran. Ich befand mich nämlich mitten in einer Verlierkrise, denn wie es Quartalssäufer gibt, so bin ich eine Quartalsverliererin. Das geht dann so, bis der Spuk, manchmal auf viele Monate, von mir weicht. Aber mehrmals am Tage forsche ich jetzt im Fundbureau nach Handschuhen, Büchern, Füllfedern, Füllfederkapseln, Brillen ohne Futteral, Futteralen ohne Brillen, Ringen, Paß, Pelzkragen, Mantel, Umhang, ach! und was sonst immer ich gerade mit mir führe.

Und das Ein- und Auspacken erst! Welche Belastung a priori! Noch traf mich kein Mensch bei dieser Beschäftigung an, ohne sich zu erweichen und mir beizuspringen, wie immer ablehnend er sonst zu mir stand. Auch auf meine Stewardess darf ich mich verlassen, und sie wird mir behilflich sein, ich weiß es. Mitleidigen Auges sieht sie mich Gegenstände daherschleifen, auf deren Suche ich tags darauf wieder sein werde. Aber das Schiff ist überfüllt, und wie könnte ich sie mittlerweile beanspruchen, um meine sorgfältig verstauten und verschnallten Koffer hervorzuziehen, da ich keine Ahnung habe, in welchem die Dinge stecken, die ich brauchte. Freilich hat Emilie es mir gesagt, doch wie soll ich das noch wissen. Unter dem Druck eines akuten Minderwertigkeitsgefühles wird meine Kabine immer kleiner und kleiner. Denn ich liebe die Ordnung; sie ist mir teuer, und was ich an mir nicht leiden kann, sind die zwei Kammerfrauen, mit welchen ich es gerade noch geschafft hätte, und zeitweise sogar auch noch ›le petit nègre‹, um die Dinge aufzulesen, die ich auf Schritt und Tritt liegenlasse, denn wo, bitte, sind bei mir die Voraussetzungen zu einem solchen Lebensstandard?

Die Tage sind so unsagbar schön, daß man angesichts des wolkenlosen Himmels zum Optimismus neigt. Es ist

ja nicht die Bestimmung der Menschen, unglücklich zu sein, bald, so hofft man, werden gewisse Sataneien an ihrer eigenen Bosheit ersticken.
Zu den ständigen Attraktionen an Deck gehören die unwahrscheinlich schönen Augen der Eve Curie.
»Now I have had my rest«, sagte mir die Mutter der Galeone, »and I am getting restless.« Das Leben bietet sich ihr als ausgezeichneter Kuchen, aus dem sie die Rosinen, Zibeben und Sultaninen zieht. Fern von mir, sie ihr zu mißgönnen.
Eine brünette Dame spricht mich an, indem sie sich auf gemeinsame Freunde beruft. Sie ist Russin; ihr Mann, den sie mir vorstellt, ist Bankier. Der kleine Sohn soll Amerikaner werden. Sie leben in Amsterdam. Sie sind wie alle Passagiere vom ›Champlain‹ entzückt. Allerdings haben sie sehr weitläufige und reizende Kabinen, an welchen wir vorbeigehen, denn sie sind auf der Beletage. Schiffe haben einen Raum oder eine Stelle, welche den Geist des Erbauers am stärksten enthalten, daher am lebendigsten sind. Der große Salon, der wie eine breite Galerie dahinläuft, hat Stimmung. Hier hat die ›Queen Mary‹ eine glückliche Idee, nämlich zwischen glänzenden Läden eine kleine fingierte Halle, links von ihr der schmale Gang an der schönen Bibliothek vorbei – der wie ein Sträßlein verläuft. Sie ist die Inspiration des Riesendampfers, dort wo ich den Flügeladjutanten des Königs David einmal und nicht wieder mit seiner jungen Schwester antraf.

31. Mai

Meine vier Gepäckstücke stehen nebeneinander auf dem Bett, das ich nicht mehr besteigen werde. Durch die offene Luke wird der strömende Gesang der Wellen nicht mehr so nah an mein Ohr brausen, als sei mir der Pulsschlag des Meeres zur Hand. Im Abendlichte werden heute die Felsen Irlands ihren Fuß weit hinaussetzen in die Flut, Klüfte und Klippen werden zu uns schauen, bis wir dann einfahren in die weite Bucht.

Meine Kabine muß früh geräumt werden, denn in Cobh schiffen sich Passagiere ein. Auch wer erst morgen in Southampton oder übermorgen in Cherbourg landet, hat seine Gedanken schon anderswo. Die Unruhe des baldigen Auseinandergehens belebt noch einmal so manche zufällige Beziehung. Die Galeone sehe ich überhaupt nicht mehr an Deck. Aber der Bankier von Amsterdam fragt, ob ich heute abend nicht in seinem Kreise essen wolle, und ich bin mir plötzlich bewußt, wie überdrüssig ich der splendid isolation meines Katzentisches geworden bin. Ich mache die Runde mit ihm, und wir gehen noch viele Meilen um das Deck.

Indes verfehlte mich ein emigrierter Professor, und ich fahndete treppauf, treppab nach ihm und seiner Frau, bis ich sie endlich fand. Wir setzten uns an Deck. Das der Touristenklasse ist der Triumph, die Romantik, Geist und Seele des ›Champlain‹. Wie der schon erwähnte Saal, doch viel großartiger, behauptet es die ganze Breite des Schiffs, die ganze Weite des Meers. Wir blieben lange zusammen im goldenen Licht dieses Nachmittags. Der Professor befand sich auf einer Kunstreise nach London; ich dankte ihm einen unvergeßlichen Abend im Hause eines befreundeten Malers, bei dem er einen ganzen Schatz Poussinscher Zeichnungen der Reihe nach auf den Tisch gelegt hatte. Das war vor acht Jahren. Er verließ Deutschland zum Glück rechtzeitig und hat schon einen Lehrstuhl in New York inne.

Das Gala-Essen war auf neun Uhr angesetzt. Denn der

Abend würde sich ausdehnen. Man weiß nie, wie lange man in Cobh vor Anker liegen muß. Überseeische Dampfer halten immer seltener dort an. Auch dies fügte sich, daß ich hier landen kann, wie ich es so sehr gewünscht habe. Auch die Galeone – verwirrend schön trotz ihrer unbestimmten Züge – und ihre Mutter waren unter den Gästen des Bankiers von Amsterdam; alle sehr angeregt, wie es schien, ließen ihre Sorgen ruhen, und es war ein heiteres Auseinandergehen.
Gegen Schluß der Tafel stieß mich jemand am Ellenbogen. Ich blickte auf: Die Flagstad war zu unserem Tisch getreten; sie sagte mir, daß sie Ende Juni an der Pariser Oper singen würde, und ich fiel ihr um den Hals.
Und dann stand ich in der Nachtluft auf dem kleinen Tender, über den sich der ›Champlain‹ aus unzähligen Lichtern strahlend türmte. Es ging auf drei Uhr morgens, als er endlich mit großem Schwall und Gebrause weiterzog mit meinem Kabinchen, das wie eine Muschel vom Rauschen der Wellen erfüllt ist.
Der Tender indessen plätscherte durch die dunkle Bucht dem Ufer zu. Ich konnte einen Wagen am Strande unterscheiden und einen Schatten, der hin- und herlief; er erkannte mich erst, als ich über die Passerelle an Land ging und ihn freudig begrüßte.
Ende der glücklichen Reise. –

JEAN GIRAUDOUX

›La Guerre de Troie n'aura pas lieu‹ ist heute weit und breit das schönste Theaterstück. Was uns an den Helden des alten Griechenland noch angeht, sind nicht ihre Schicksale, sondern ihre Gestalten, die Gedanken über das menschliche Dasein, die eherne Prägung gewisser Sätze, die bis zu den Kammern unserer Herzen erdröhnen wie einst. Hier nun ist Hektor, es ist Ulysses in neuer Auflage, und es ist Hektor, es *ist* Ulysses, und es ist das Format der Andromache. Und Helena ist es, der betörende Schemen. Geistige Fenster reißen sich auf, ein kostbarer Windzug, ein antiker Hauch von unvergleichlicher Reinheit strömt uns entgegen. Der Kunst Giraudoux' wohnt nach einem geheimen Rezept die Gabe inne, nie zu ermüden. Bei höchster Eleganz ist er der Feind jenes Salonhaften, das so schnell vermufft. Statt der konventionellen oft vernommenen Wendung kommt das Unerwartete erfrischend angeflogen. Auch die ernstesten Dinge führt er uns mit leichter Stimmgabe nahe: hohe Koloratur in den tiefsten, ja untröstlichen Lagen. In einer kalten und unheimlichen Welt, die unsicher dahindämmert, ist er die Nachtigall, die ihren Frühling, den Frieden beschwört.

ANSPRACHE NACH DER VERLEIHUNG DES GOETHEPREISES 1955

Als mir in Paris mitgeteilt wurde, daß ich den Goethepreis dieses Jahr erhalten sollte, war meine erste Reaktion, ob er nicht zu hoch gegriffen sei, so daß ich auf die protokolläre Frage nach der Annahme mit der Antwort zögerte.

Denn der Schriftsteller – meine Damen und Herren – gehört einer minder glücklichen Zunft an als der Maler, der Architekt oder der Komponist. Seinem Bewußtsein steht nicht so ohne weiteres der Überblick über seine Gesamtleistung zu Gebot. Als jedoch, mitwirkend bei der Wahl, auf meine Haltung in den Dingen des Völkerfriedens hingewiesen wurde, atmete ich erleichtert auf, denn hier war eine analoge Bahn, die ich keinen Tag meines Lebens verließ.

Gestatten Sie mir, da ich nun vor Ihnen stehe, über Goethes Ausstrahlungen einiges zu sagen, sind sie doch die mannigfachsten, die es gibt. Man darf vielleicht fragen, ob der Naturforscher und Mann der Wissenschaft in ihm ausschließlich Sache seines Willens gewesen ist? »Die Menschen«, sagt er einmal, »sind der Kunst gewachsener als der Wissenschaft. Die Kunst schließt sich in ihren Werken ab, die Wissenschaft erscheint uns grenzenlos.« Aber die Kunst war seine Zone und sein Element. Doch wäre er ohne die Wissenschaft, die er sich erwarb, wohl nicht der eindeutige, zwiefältige, vielfältige, der universale Goethe, dem Verantwortungsgefühl und Bestimmung vorherrschende Zeichen seines Lebens geworden sind. Waltet doch etwas wie Bestimmung sogar in dem wie immer partiellen Anteil, den wir an ihm haben können, dem einen dieser, dem anderen jener. Aber keinem reichte er Steine statt Brot, und tief verpflichtet sind wir ihm alle. Da kann eine Äußerung in uns einschlagen, die nicht einmal in seinen Werken steht, sondern die ihm einfach in einem Brief unterlief. Weder war damals sein Schaffen zu höchster Reife gelangt, vielmehr stammte jene Äußerung aus einer Zeit, in welcher er noch in mancher Unsicherheit und Unzufriedenheit verstrickt erscheint. »Ich sehne mich recht von hier weg«, schreibt er am 2. Juli 1781 an Frau von Stein, »die Geister der alten Zeit lassen hier mir keine frohe Stunde. Ich habe keinen Berg besteigen mögen, die unangenehmen Erinnerungen haben alles befleckt. Wie gut ist es, daß der Mensch sterbe, um nur die Eindrücke auszulöschen und gebadet wiederzukommen.« Diesen Ausruf: »Wie gut ist es, daß der Mensch sterbe«, habe ich nicht zu meinem Wahlspruch erwählt, sondern er bemächtigte sich schon sehr früh meiner, um nie mehr von mir zu lassen, als ein anwachsender Akkord, aufseufzend, beschwichtigend, beschwingend, tröstend, aufrichtend, erdröhnend.

Weit bedeutsamer aber sind jene Stellen aus seiner ›Italienischen Reise‹, die uns ausführlich, dabei mit einer wunderbaren Sparsamkeit der Worte, die Panik veranschaulichen, die er auf einem schlecht gezimmerten und überfüllten Boot erlebte. Zwar zog es sehr langsam und ruhig, bei schönstem Wetter, im Abendschein der Insel Capri entgegen. Dennoch machte sich eine unheimliche Bewegung unter den Passagieren bemerkbar. »Wir erkundigten uns« – erzählt Goethe – »nach der Ursache dieser Unruhe, indem wir nicht begreifen konnten, daß bei völliger Windstille irgendein Unheil zu befürchten sei. Aber eben diese Windstille machte jene Männer trostlos. ›Wir befinden uns‹, sagten sie, ›schon in der Strö-

mung, die sich um diese Insel bewegt und durch einen sonderbaren Wellenschlag so langsam als unwiderstehlich nach dem schroffen Felsen hinzieht, wo uns auch nicht ein Fußbreit Vorsprung oder Bucht zur Rettung gegeben ist.‹ Aufmerksam geworden durch diese Rede betrachteten wir nun unser Schicksal mit Grauen.
Die Menge ward immer lauter und wilder. Nicht etwa betend knieten die Weiber und Kinder auf dem Verdeck, sondern weil der Raum zu eng war, sich darauf zu bewegen, lagen sie gedrängt aneinander. Sie noch mehr als die Männer, welche besonnener an Hilfe und Rettung dachten, schalten und tobten gegen den Kapitän... Mir aber, dem von Jugend auf Anarchie verdrießlicher gewesen als der Tod selbst, war es unmöglich, länger zu schweigen. Ich trat vor sie hin und redete ihnen zu.« Was nun erfolgte, war aber eine regelrechte, eindeutige Predigt: Ein der Situation gewachsener und seines Amtes würdiger römischer Priester hätte sie nicht anders formuliert: »Meine Worte« – ich zitiere – »hatten die beste Wirkung.« Denn ganz als einer der ihren wies Goethe sie zurecht, ohne Spur von Hochmut, doch wie hochbewußt werden wir gleich sehen. »Indes« – fuhr er fort – »verfinsterte sich die Lage immer mehr – um so schauriger, da nun oben auf dem Felsen die Ziegenhirten, deren Feuer man schon lang gesehen hatte, hohl aufschrien: da unten strande ein Schiff. Sie riefen einander noch viel unverständliche Worte zu, in welchen einige, mit der Sprache bekannt, zu vernehmen glaubten, als freuten sie sich auf manche Beute, die sie am anderen Morgen aufzufischen gedachten. Sogar der tröstliche Zweifel, ob denn wirklich das Schiff sich dem Felsen so drohend näherte, war leider nur zu bald behoben, indem die Mannschaft zu großen Stangen griff, um das Fahrzeug, wenn es zum

Äußersten käme, damit vom Felsen abzuhalten, bis dann endlich auch diese brächen und alles verloren sei. Immer stärker schwankte das Schiff, die Brandung schien sich zu vermehren, und meine durch alles dies wiederkehrende Seekrankheit drängte mir den Entschluß auf, hinunter in die Kajüte zu steigen. Ich legte mich halb betäubt auf meine Matratze, doch aber mit einer gewissen angenehmen Empfindung, die sich vom See Tiberias herzuschreiben schien, denn ganz deutlich schwebte mir das Bild von Merians Kupferbibel vor Augen. Wie lang ich so im halben Schlaf gelegen, vermag ich nicht zu sagen.«
Seltsamer Dämmerschlaf dieses Halbschläfers angesichts seiner Lage. Der Menge, vor welcher er eben stand, so weit entzogen, als trennten ihn Meere und Länder von ihr, ist er jetzt ganz auf sich selbst zurückgewiesen. Indem er auf ein Bild hindeutet, das jeder erkennt, ohne es gesehen zu haben, beschreibt er nicht, er umschreibt, was da sein Innerstes bewegt: die stumme Anheimstellung, die verwegene Zuversicht.
»Aufgeweckt ward ich durch ein gewaltiges Getöse über mir, ich konnte deutlich vernehmen, daß es die großen Seile waren, die man auf dem Deck hin und her schleppte. Dies gab mir Hoffnung, daß man von den Segeln Gebrauch machte ...« In der Tat sprang kurz darauf sein Diener zu ihm herab und kündete ihm, das Schiff sei gerettet; der gelindeste Windhauch habe sich erhoben.
Das arge Fahrzeug, das gewiß mit allen Chancen auszog, in den Grund zu bohren, trug einen sehr besonderen Gast, dem es an aller Schwere des Alltags gebrach. Entsprechungen oder Gewähr? – Wie dem auch sei: vierzig und mehr Jahre war er noch zu leben, zu wirken, zu leiden und sich zu freuen gedacht. Den ›Faust‹, ›Iphigenie‹, ›Tasso‹ hielt er noch in seinen Händen zurück, sie harr-

ten noch der Vollendung. Er hatte die ›Wahlverwandtschaften‹ noch nicht geschrieben, von den Frauen, die er liebte und die er nie vergaß, schwebten uns die schönsten noch nicht vor. Und wie beraubt stünden wir, wäre uns das Vermächtnis seiner ›Gespräche‹ nicht zugefallen. Sie zeigen ihn uns, wie er in seinen Räumen kam und ging, wir nehmen teil an seinen Spazierfahrten und folgen ihm in seinen Garten, wir sehen ihn, unnahbar in seinem kleinen Arbeitszimmer oder zu Jena seinem Schaffen hingegeben, als großen Herrn seine Empfänge halten, mit Schiller zusammen das Weimarer Theater betreten, ein halbes Jahrhundert lang an der Seite des Herzogs Carl August, des großen Freundes und großen Monarchen. Wir sehen Weimar im Glück und durch Goethes Gegenwart ein Anziehungspunkt ohnegleichen, trotz der schwierigen Reisen in der damaligen Zeit. Wieviel entginge uns von Goethes Proteus-Natur, hätten wir all die posthumen Bücher nicht! Es zeugt von richtiger Erkenntnis, richtiger Einschätzung und Distanz, daß bei ihm zu Lande so unumwunden nach allem gefahndet und für wichtig gehalten wurde, was sich auf ihn bezog: alle Begegnungen mit ihm, die Eindrücke seiner Zeitgenossen von ihm, alles, was er über sie sagte. Es lassen sich, nebenbei bemerkt, sehr geläufig die Fehler eines Volkes erörtern. Denn da hat man ja die Wahl. Nicht so ohne weiteres hat man für seine guten Eigenschaften den Nenner zur Hand. Bei den Deutschen war es, wäre es der Schwung. Diesen hat wohl kaum einer so grandios und vorgreifend verkörpert wie Goethe. »Ich bin ein Mann«, sagte er, »dem nur Kultur und Barbarei Dinge von Bedeutung sind.« Wie hätte er da ein Organ gehabt für Feindseligkeiten zwischen zivilisierten Nationen! Landsleute waren ihm Carlyle, Walter Scott, Lord Byron, Keats,

Turgeniew. Ein Herzensbruder war ihm Molière. Er liebte Frankreich. »Wie könnte ich es hassen, da ich ihm einen so großen Teil meiner Bildung verdanke!« rief er aus, als ihm eines Tages mit nationalistischen Redensarten zugesetzt wurde. So fremd wie unleidlich wären ihm heute gewisse Parteiparolen, der Parteisinn und all die verjährten Zankäpfel, die in einer Zeit wie dieser ein friedliches Zusammenleben gefährden.

Aber Geist von seinem Geist war die ungezählte, dennoch gezeichnete, die anonyme Schar, die jüngst in der Geschichte auftrat, verfemt und heimatlos in ihrer Heimat, nicht anerkannt im Ausland, denn ihre Rufe drangen nicht durch, weil die Luft zu vergiftet war. In ihrer grenzenlosen Verlassenheit hegten sie keinen Haß außer für die Hölle, der sie preisgegeben waren. Es sind die soldats inconnus der deutschen résistance, Eckpfeiler der Ehre, Ausstrahlungen auch sie!

Mag über Goethe das Beste, mag alles über ihn gesagt worden sein, man wird fortfahren, sich mit ihm zu befassen, denn er hat zu wirken nicht aufgehört.

Der 200. Jahrestag von

MOZARTS GEBURTSTAG

Rede zur Eröffnungsfeier in Zürich am 22. 1. 1956

Unsere Freuden sterben nicht aus, andere kommen, wenn die einen gehen; in dem bedeutsamen Gedenkjahr aber, an dessen Schwelle wir noch stehen, gilt es, sich zu bescheiden; ohne Vorbedacht könnten wir uns viel Schönes verscherzen. Es herrscht heutzutage eine große Lust nach Festspielen und Festivals; ein gewaltiges Aufgebot jedoch von Verständnis, Umsicht, Talent und darüber hinaus von Glück wird ein würdiges Feiern Mozarts von uns fordern. Sein kurzes Leben war eine Mission, die ein Erbteil seiner Interpreten ist, also auch für diese eine Mission.
Nur daß sich allerdings bei ihnen nichts forcieren läßt. Zwar heißt es oft, keiner sei unersetzlich, was nicht immer und manchmal nur bedingt zutrifft. Die hohe Kunst jedenfalls fördert das Einmalige und Unersetzliche zutage, und hier hat sich erwiesen, daß, sei es im Konzertsaal oder im Theater, Goethe und Mozart beide sehr leicht umzubringen sind. Ein neuer ›Don Juan‹ nach Mozarts Sinn tritt zirka alle zehn Jahre auf; viele Bühnen reißen sich dann um ihn, und er muß über viele Bretter ziehen. Eine Schwalbe, nebenbei gesagt, macht noch keinen Sommer, und ein trefflicher Papageno hebt nicht die Riegel der ›Zauberflöte‹.
Kaum erwachsen, sah ich einen sehr beliebten Schauspieler als Egmont und krankte Dezennien hindurch an der Erinnerung, bis ich eines Tages in Wien den Namen Albert Bassermann als Darsteller dieser Rolle las, an die Kasse rannte und an diesem glückseligen Abend von einem wahren Spuk befreit wurde.

Die Jugend weiß mehr, aber das Alter hat Erfahrungen, die sie nicht mißachten sollte. Wohl erinnern wir uns noch so manch herrlicher Aufführung, die 1927 zu Beethovens Gedächtnis stattfand, aber auch einer Übersättigung, als man sich des Guten zuviel tat und gewisse Städte, Städtchen fast, die ›Neunte Symphonie‹, die man da familiär nur die ›Neunte‹ nennt, mit sehr unzureichenden Mitteln darboten. Um 1928 wurde es still um Beethoven. In den Gefilden des Schweigens und der Weltabgewandtheit, die der Urquell ist aller großen Musik, konnte die ›Neunte Symphonie‹ sich wieder erholen.
Doch als dreizehn Jahre später die schwere Verwilderung ausbrach, Millionen Menschen umgebracht oder gefangen oder an ferne Ufer verschlagen wurden, da konnte es geschehen, daß einer in der Metropolitan Opera saß und nach langen Jahren zum ersten Male wieder und unter Toscaninis Stab und wie neu aus der Hand ihres Schöpfers die ›Egmont-Ouvertüre‹ hörte und sie ihm seine schönste aller dünkte in ihrem göttlichen Ansturm und ihrem Adel.
Und seitdem sind wieder dreizehn Jahre verflossen, wir schreiben den Januar 1956, können uns wieder sammeln und unseren geistigen Interessen leben; unser Erdteil, auch wenn wir seinem Glück nicht trauen, ist nicht länger Verwüstungen ausgesetzt; unter den Winden aber, die ihn, wer weiß von wie fern durchzogen, hat er sich gewandelt, unser altes chez nous ist dies viel besprochene Europa nicht mehr. Sein Tageslauf, so wir ihn gewähren, ist pausenlos in Töne eingebettet; möchten wir eine Kantate hören oder auch nur wie unsere kalten Kriege stehen, so gellt es uns zumeist und schon in aller Früh von West und Middlewest entgegen, afrikanische Dauer-Spirituals mischen sich darein, Noten aus dem fernen wie dem na-

hen Osten nehmen überhand, musikalischer Rummel ist die Parole, sogar das neue Licht, das Neonlicht, ist laut, und unmozartischer könnte diese Welt nicht sein.

Dennoch müssen wir es schaffen. Lassen Sie mich hier eine Zahl aufrufen, die uns geradewegs mitten ins Herz der neutralen Schweiz, nach Bern, hineinführt: Ende 1917 oder Anfang 1918.

Ich weiß nicht, ob sich dort auch im zweiten Weltkrieg Raum bot für die Propaganda, welche Deutschland, Frankreich, England, Italien damals offiziell entfalteten. Die deutsche unterstand dem Grafen Harry Kessler. Er wandte sich an Richard Strauss, der als Aufgabe die ›Zauberflöte‹ wählte, in ihr eine Rettung suchte, eine Zuflucht fand. Denn Richard Strauss war ein sehr großer Dirigent und dies eine Mal auch ein herrlicher Regisseur. Nichts durfte fehlgehen, weder auf der Bühne, noch an den Kulissen, noch im Orchester, das er wie ein Gott, aber ganz selbstvergessen, ganz Hingebung, nicht Richard Strauss, nur Interpret, dirigierte. Und was er da an Geschlossenheit instand setzte, war ein schieres Wunder: Monostatos entfaltete mit dem üblichen Vivace eine unheimliche Dämonie. Mit Paul Benders smaragdener Stimme und seinem großen Talent hatte er keine Sorge; wo aber entdeckte er diese unbekannte Pamina, die das Haus hinriß, so schön, so passioniert, so lauter, wie Shakespeares Mädchengestalten sind, und diese Königin der Nacht, deren kalter Seele eine so weite Vereinsamung entströmte, wer waren diese Mitwirkenden, die sich selbst so übertrafen? Alle verweht, nur die Erinnerung lebt an diese Mustervorstellung, der einige hundert Menschen beiwohnten, denn das Berner Theater ist nicht groß. Nach ihrem Vorbild aber müssen wir immer verfahren, es ist wichtig, daß wir bestehen. Nur das Allerbeste sei für unsere Darbietungen wie unsere Sendungen zugelassen. Keine zweite Garnitur, keine Anfänger! Ich bitte Sie, ein trivialer Figaro, eine hausbackene Donna Anna, ein provinzieller Don Juan, ein zu ordinärer Leporello ist kein Mozart, sondern ein Mißbrauch, eine Veruntreuung, ein Träger des Überdrusses und der Gefahr der Übersättigung.

Je pense à ses deux sœurs si éprouvées qui ne vivaient que pour elle.
Je pense à ceux, qui pouvaient entendre souvent son jeu classique et enchanteur; ils ne la perdaient pas de vue quand elle faisait ses entrées, s'arrangeait, menue, si simple, sans âge, se mettait au piano comme on se rend chez soi, avec une élégance qui n'avait absolument rien de mondain.
Et je pense à ceux qui la connaissaient, c'est à dire l'aimaient. Elle inspira de grands dévouements, mais elle aussi avait à cœur ses amis. C'était un être si musical comme si la musique avait une emprise sur sa substance, son esprit, sa nature. Je l'ai rencontrée tard hélas, quel souvenir nostalgique que sa petite tête séduisante!
Un jour qu'elle répéta à Paris pour un concert du lendemain, j'étais étendue tout de mon long dans la même pièce, ce qui était une position des plus favorables pour l'écouter. Je comptais entendre le programme sans coupure, mais elle s'interrompit à l'allegro pour rejouer maintes fois plusieures mesures qui semblaient également parfaites de résonnance aussi bien que de clarté, mais qui évidemment n'étaient pas encore à son gré, car elle s'y arrêta longuement. Loin de devenir une rengaine cependant ce fut curieux et intéressant de l'observer au travail.
Clara Haskil était bien son vrai nom, ce n'était pas un nom de guerre, mais qu'il lui allait bien, mon Dieu! et elle le couronna en le portant.

VÖGEL

Eines Tages, während eines Pariser Aufenthaltes, ging ich um die Mittagsstunde allein die Arkaden des Louvre entlang, als von links unten an der Mauer zwei weitgeöffnete Augen sich so hilferufend auf mich richteten, daß ich erschrocken auf sie zuging. Sie gehörten aber nur einem großen Spatzen an, der mit ausgebreiteten Flügeln unbeweglich auf dem Steinboden lag.

Was nun erfolgte, war ein lautloser Dialog, der alles andere ausschaltete.

»Bruder Mensch, Bruder Mensch, laß mich nicht zugrunde gehn«, schrien diese Augen. »Nein, nein! ..« – »Die Katze!« schrie er entsetzt.

»Ich bin ja da.«

»Trag mich fort!«

Er lag auf schmutzigem Stroh, doch als ich daran rührte, kam ein gebrochener Blick in diese Augen, als gingen sie unter.

Aber Hans im Glück war er fürwahr, die Rettung schon bei der Hand. Nicht bei den Vorübergehenden, die zerstreut und abgelenkt unser nicht achteten. Aber dort an der nahen Säule stand ein Gardien, ein Aufseher des Louvre, Ornithologe in seinen Freistunden, der unendlich behutsam den Vogel aus meinen Händen nahm.

»Das ist kein Strohhalm«, sagte er, »sehen Sie den Stacheldraht darin, der hat ihn aufgespießt.« Und nun fing er an, mit seinem Speichel die versteckte Wunde, die Flügel, den Flaum zu behandeln, unablässig, ganz in die Erhaltung des Vogels konzentriert, der nicht zuckte, vielleicht hatte er die letzten Atemzüge schon getan. Da, ein

Ruck, ein virtuoser Griff, ein halber Jubellaut, und schon entflogen war uns der Spatz, mit einem Triller den gegenüberliegenden Fassaden des Louvre und der Rue de Rivoli entgegen, l'ennemi de l'homme von einst und je.
Gibt es etwas Unwichtigeres, wird man vielleicht fragen, als eine Spatzenexistenz?
Ein Drama war die Not von diesem da, sein harter Kampf um Luft und Licht des Tages, diese Elemente des Lebens, die ihm versinken wollten, und deren Träger wir beide waren; ein Drama, das instinktive Aufgebot seines Appells an mich. Sowie der unabsehbare Hintergrund des winzigen Vorgangs.

*

Die Spatzen sind munter, gescheit, flink, zynisch, berechnend, gerissen. Ihr Futterneid ist nicht seriös, denn sie sind ungeheuer gesellig – immer im Alltagskleid, ohne Illusion und wohl wissend, daß sie nicht der Hautevolee angehören, aber sie machen sich nichts daraus, ja sie sind lustig, wenn auch nicht glücklich zu nennen, denn sie kennen das Leben. Darum wohl ist ihnen das Singen nicht gegeben.
Eines trüben Nachmittags am Fenster stehend, sah ich drei Spatzen sehr geschäftig dem nahen Baum zufliegen, von fünf andern gefolgt und alsobald von einer ganzen Schar, die sich auf dürrem, aber geräumigem Ast niederließen, aneinandergereiht wie auf einer Telegraphenstange und alle abwärts derselben Richtung zugewandt.
Es regnete nicht, es fiel noch kein Schnee, aber es kündeten sich die kürzesten Tage des Jahres an. Was schwätzten sie so fidel in der rauhen Luft? Kam noch einer dazu, flatterte ein andrer auf, so fand er gleich wieder Platz, denn Einigkeit macht stark. Aber was war denn los, daß sie sich so ergötzten?

Ich öffnete das Fenster und sah hinunter. Es war nur die Katze des Hausmeisters, ihre fortwährenden und vergeblichen Anläufe am Stamm des Baumes, um hinauf zu den Spatzen zu klettern, die aber ganz genau zu erkennen und zu ermessen wußten, daß sie viel zu schwer war und der Ast viel zu hoch hing. Und da nahm denn oben der Ulk und das Gespött kein Ende. Niemand wohnte dem Schabernack bei, denn der Hof war leer. Und als die verhöhnte und zu dicke Katze das Weite suchte, löste sich die Versammlung noch lange nicht auf. Sie schwätzten weiter und unterhielten sich, bis der Ernst des Lebens sie antrat, ein Erbleichen des Lichtes sie ermahnte, daß sie mitnichten in die lange Nacht hinein hungern durften. Plötzlich, wie sie daherflogen, zerstreuten sie sich wieder; ein wenig verzaubert, ein wenig unheimlich fast, nahmen die Schatten sie auf.
Aber unsern Sommer, den haben sie gern, den machen sie mit. Da steht kaum ein gedeckter Tisch im Freien, nicht wahr, den sie nicht umschwärmen.

Die Würzburger Nachtigall

Es gibt kein Orchester, es gibt nur Dirigenten.
Genug über Spatzen. Von diesem Massenprodukt der Natur ausgehend läßt sich zwar vom Hundertsten ins Tausendste gelangen, aber bei ihr verweilen kann man nicht. Edlere Vögel haben größere Anrechte.
Vor vielen Jahren verbrachte ich eine Frühlingsnacht im lauen Würzburg. Wieso? Warum? Bei wem? In wessen Haus weiß ich nicht mehr. Der Hauch des Gartens aber erfüllt, als wäre es gestern, das Zimmer, in dem ich lag. Wie mein Erwachen, wie das Stillestehn meines Herzens

vor einer Stimme, die sich erhob. Ich hatte noch nie eine Nachtigall gehört, aber von einer Nachtigall mußte sie kommen. Es gab Leute, die darüber klagten, daß sie durch das fortgesetzte Schlagen der Nachtigallen nicht schlafen könnten. Aber das müssen Choristinnen sein, es muß Choristinnen bei den Nachtigallen geben. Die Würzburger Nachtigall hingegen war ein Phänomen – ein Wunder, ob sie probte oder präludierte, oder ob ihr Sang mit einer Kunst ohnegleichen in herrlicher Losgelöstheit die Erde tief unter sich ließ. Rätsel auch hier.
Mein erstes Konzert, in das ich, elf oder zwölf Jahre alt, mitgenommen wurde, lag kaum ein Dezennium zurück. Von Erwartungen geschwellt zog ich ihm entgegen. Da ja schon einzelne Instrumente, wenn gut gespielt, entzücken konnten, wie hinreißend mußte doch die Klangwirkung ihres Zusammenspiels in seiner Gesamtheit sein. Auf so unvorstellbare Eindrücke wäre die beste Vorbereitung gewiß, daß man vorher nichts äße.
Aber gleich beim ersten Einsatz fiel ich aus allen Himmeln. Denn was da ertönte, war doch recht mittelbar, nicht ohne weiteres feierlich und überirdisch schon gar nicht. Mit andern Worten: ich hatte mir *die Musik* schöner vorgestellt.
Nur die Würzburger Nachtigall auf ihrer Einbahn war die erträumte Beglückung, ich wehrte dem Schlaf nicht, in den sie mich sang, sondern ließ mich versinken, das Leben war ja so reich, ich war so jung, oft noch gedachte ich, solchen Nachtigallen zu lauschen.
In Südfrankreich, Italien, Spanien, den Kanarischen Inseln, in den Gärten von Bagatelle nahe bei Paris bin ich gewesen – aber niemals und nirgends bis auf den heutigen Tag habe ich je wieder eine Nachtigall gehört, und diese Entbehrung blieb über mein ganzes Dasein verhängt.

Milder zog sich der Monat Januar 1956 bis an sein Ende hin. Wer aber vergäße je den eisigen Februar desselben Jahres? Die Krankenhäuser füllten sich, und Penicillin war dort die Parole. Mein Zimmer sah auf den Garten, es hatte auch einen Balkon mit einem Tisch, und es meldeten sich dort bei meinem Eintritt sehr reduziert – wie wäre es anders gewesen – einige Spatzen. Fürs erste war ich keiner anderen Betätigung fähig, als Semmeln zu verkrümeln, was natürlich den Zulauf vor dem Fenster sehr belebte. Aber in Schach gehalten wurde er durch eine unförmig große, häßlich alte, wie es schien, und schrecklich gierige Amsel, so daß die Spatzen mit dem, was sie aufpickten, schnell wieder davonflogen.
Die Schwester brachte ein Vogelhaus in Form eines Pavillons herein, dessen Dach einen ausgehöhlten Holzteller überhing, in den sie alle Brosamen hineinschüttete, statt sie zu streuen, so gewann sie Zeit, denn sie hatte sehr viel zu tun. Auch mir leuchtete ihr Verfahren ein, und ich spendete ihr meinen Beifall. Aber kaum war sie draußen, so stürzte sich die Amselgroßmutter auf die gehäufte Schüssel, pickte so viel auf, wie sie konnte, und breitete sich dann wie eine Bruthenne darin aus, weit ausladend, wie ein Schwerkapitalist annektierte sie den ganzen Proviant, und welcher Spatz hätte es gewagt, sich der Zitadelle der Brotkammer, ach, zu nähern. Es war ein so niederträchtiges und böses Verfahren, daß ich alle Amseln der Erde verwünschte.
Nicht minder empörend war der Anblick, der sich am nächsten Morgen bot: der häßliche alte Vogel erhob sich nur, wenn er fraß, dann hockte er wieder furchtgebietend auf seiner Beute, und bis auf ihn blieb die Stätte leer.
Ich wartete auf die Schwester. Hatte sie heute ihren Ruhe-

tag, daß sie säumte? Doch was begab sich da urplötzlich? Der Leser wird es nicht glauben, und ich selbst mißtraute meinen eigenen Augen. Gab es einen Gerichtshof bei den Vögeln? Hatte ein Spatz bei ihm vorgesprochen? Es schossen bei Gott zwei junge schöne Amseln, so blank von Gefieder, als sei es geschliffen, auf die alte Amsel zu, welche die Situation augenblicklich begriff, dem Stoße auswich, fortflog und sich nie wieder sehen ließ.

Ich zerbröckelte eilig eine frische Semmel. Die Schwester trat ein, streute sie aus. Den Pavillon nahm sie wieder mit.

Und die Spatzen? Ei, wären es Spatzen gewesen, wenn nicht wenigstens einige von ihnen die Vorgänge beobachtet und schleunigst verkündet hätten? Sie sammelten sich wieder natürlich. Wie schließlich und endlich die Dinge verliefen, kann ich nicht sagen, denn ich verließ bald darauf das Spital.

ZUR VIERTEN WAHL KONRAD ADENAUERS

September 1961

Es hat in den letzten fatidiken Jahrzehnten mehrere große Kenner Deutschlands gegeben: den Lothringer Graf Jean de Pange, den Elsässer René Schickele, den Franzosen Romain Rolland, der das von den Deutschen so sehr zu beherzigende Wort geprägt hat: »Les Allemands excellent dans le bien comme dans le mal.« Diese drei sind nicht mehr unter uns.

Heute haben wir im Collège de France den Straßburger Robert Minder. Es gibt den mit der deutschen Sprache und ihrer Literatur von Jugend auf eng vertrauten, als Diplomat hoch begabten Roland de Margerie. Es gibt die schönen und interessanten Bücher und Essays von Robert d'Harcourt, der seine Studentenzeit großenteils in München verbrachte und in den letzten Jahren sich besonders mit Adenauer befaßte und ihn so darstellt, wie dieser sich als Retter der Deutschen von ihrer Geschichte abheben wird.

Hören wir die so eindringlichen Worte des erfahrenen André François-Poncet, die in den Septembertagen des Jahres 1961 nach Deutschland herüberklangen, Worte, nicht nur von Wissen, sondern von Sorge, Hinweisen und Warnungen getragen, die Stimme der freien Welt. Denn François-Poncet, der lange in Deutschland, in Berlin und Bonn als Botschafter lebte, wußte um das Spiel der Alldeutschen und wohin es geführt hat. Es kam der Erste Weltkrieg, die Niederlage, in die er auslief, der verblendete Friede von Versailles, und dann noch eine kurze Zwischenzeit des Auflebens, ein sich Aufheitern des Himmels über die Menschen, aber dann unversehens der Ausbruch des ›Dritten Reiches‹. Wenden wir unsere Blicke ab von seinem Walten auf dieser Erde, seinen Ruinenwäldern, seinen Leichenwäldern, seiner Verruchtheit. Ein vernichtetes, geächtetes Deutschland, aller Rechte beraubt, nur mehr Objekt für seine Sieger, war das Ende des zweiten Weltkrieges.

In dieser tiefsten Drangsal seiner Geschichte erstand ihm der prädestinierte Konrad Adenauer, der sich als so eminenter Staatsmann erwies, daß er es in weniger als einem Dezennium vermochte, die Deutschen wieder ans Licht zu ziehen, und daß sie ihr Ansehen wiederfanden. Die Emigranten aber, die nach Deutschland zurückkehrten, und die Ausländer, die es besuchten, waren betreten oder erstaunt oder bestürzt, daß die Anerkennung Konrad Adenauers nicht größer war. Nicht beim schlecht bearbeiteten, aber innerlich gut beratenen Volk: dieses empfand eine Dankesschuld sehr wohl, in Bayern zumal.

Ein Hoch auf die deutsche Intelligenz. Aber die deutschen Intellektuellen sind in der Politik unbegabter als die französischen. Und was den Sozialismus betrifft, so hat er seine Arbeit getan, und darüber hinaus. Es geht heute nicht mehr um unwürdige Parteiinteressen, um Parteigeist, Parteisinn, sondern nur um die Schicksale der Welt.

Nur Adenauer, diesem Prestigewunder, gebührt die Macht, eine unbefristete Macht. Das Ausland empfindet es mit Recht als grobe Anstößigkeit, sie befristen zu wollen.

ZEITBILDER

Schafherden

So verdrossen von einer Reise zurückgekehrt, daß ich, ohne auszupacken, tags darauf wieder im Zuge saß, wieder am Fensterplatz, wieder hinaussah, weil ich es nicht glauben konnte und meinen Augen nicht traute.
So fuhr ich nach Florenz und über Siena nach Rom, von dort nach Verona, dann in die gebirgige Schweiz, dann ins Badische und durch Bayern hindurch, und was sich mir zeigte, waren immer und überall nur Kühe, nie und nirgends, auf keinem Abhang, in keinem Tal eine Schafherde mit ihren Lämmern, ihrem Hirten, ihrem Hund: die vielleicht glücklichsten, die friedlichsten Tiere der Erde, dem Aug eine Wonne, blökend, nie lärmend, immer in Bewegung, dabei stets ein Bild der Ruhe. Die Wiesen sind samt und sonders industrialisiert, nur von Kühen zertreten, die Landschaft ist ihrer Poesie beraubt.
Erbittert verließ ich den Kontinent. Von den englischen Speisewagen aus konnte man nach rechts wie nach links die Gegend leichter übersehen. Es war derselbe Anblick bis nach Liverpool hin, von wo das geräumige Schiff mich nach Kingstown trug in der einbrechenden Nacht, die mich mehr anheimelte als der hellichte Tag. Und Irland sollte mich nicht enttäuschen. Ich kannte es wohl. Sein Himmel hat nicht die leidenschaftlichen Farben und seine Pracht greift nicht ans Herz wie der Himmel Roms. Aber ist es nicht, als weile er manchmal verzückt über den sanften Linien der irischen Berge? Ihr Küstengebiet ist eine Welt für sich: Galway, Wicklow, Connemara. Nicht weit von Glengariff, in Killarney (was für Namen!) ist ein

Wald von paradiesischer Luft durchweht, in welchem die Palme nicht etwa gezüchtet, sondern in brüderlicher Nähe mit den Eichen sich entfaltet. In dem kostbaren Irland war ich oft gewesen und kannte es noch viel zu wenig. Ich wollte es noch einmal sehen, heute einen letzten Abschied von ihm nehmen.

Ich befand mich unterwegs. Es wurde halt vor einer kleinen Station gemacht. Und was sah ich da? Schafe – weniger als eine Herde, mehr als ein Rudel – nicht im Grün, auf harte Erde gestellt, nicht weidend, sondern wartend! Ihrem Wesen entfremdeter, unglücklicher konnten diese Schafe nicht sein. War der Mann, der sich über sie beugte, vielleicht ihr Hirt, dem man gekündigt hatte? Konnte es am Ende sein, daß er sie in den leeren Riesenkarren verfrachten sollte, der dem Zug anhing? Ich wollte es nicht wissen; ich sah nicht hin, ich stieg aus und machte kehrt.

Am nächsten Abend war ich wieder in Paris, deprimierter denn je. Dort eilte mir eine besorgte Nachbarin entgegen. Zu höflich, um über meine verpfuschte Rundfahrt zu lachen, sagte sie nur: »Oh, kommen Sie doch mit mir in die Bretagne, dort sind Schafe genug.« – »Nein!« rief ich, »denn sie sind weg.« Und ich berichtete ihr meine Fahrt. »Sie mögen ja recht haben«, sagte sie begütigend, »aber lassen Sie mich jetzt auspacken bei Ihnen, ich bitte Sie.« Dieser grandiose Einfall nahm das Alleinsein der letzten Tage von mir.

Die zartbesaiteten, die feinfühlenden, die geistigen Menschen gibt es wie immer allerorts. Wann werden sie sich zusammentun angesichts der Massen, die, neuerdings Mächte geworden, ohne eine Spur von Schönheitssinn so ungehindert sich betätigen?

Bald darauf flog mir sehr buchstäblich aus der Provence ein Riesenkarton zu: es war ein wunderschöner Strauß erblühter Rosen, von Knospen umringt. Voller Freude hob ich sie heraus, merkte aber sogleich, daß sie alle scheintot waren, ohne den Hauch, ohne den Geist, ohne das Leben der Rose. Doch in meiner ersten Freude vergaß ich, daß mir schon vor Wochen Maiglöckchen und Mimosen eine solche Enttäuschung bereiteten. Hatte ich nicht einen Fliederzweig ans Herz gedrückt, der ebensogut eine Zeitung hätte sein können? Die unscheinbaren Freesien, unsere Lieblingsblumen durch ihren betörenden Duft, die im Süden wild neben der Eisenbahn die Schienen entlang wachsen, gibt es jetzt in allen Farben, aber sie riechen oft direkt schlecht. Von Reseden und Heliotrop weiß man nichts, es gibt sie nicht mehr.

Wieder meldete sich die Nachbarin mit einem guten Rat: »Fahren Sie schnell in die Avenue Malakoff 157, dort gibt es noch Rosen wie einst und je.« Und richtig fand ich sie: die Stiele mittellang, halb offen, von herrlichem Rot und duftend wie am siebenten Schöpfungstag. Ich kaufte sofort deren sechs und überschüttete die Verkäuferin mit Lob, das sie freundlich, aber ohne Erklärung entgegennahm.

Bald darauf fuhr ich nach München über Basel, der Freunde wegen, die ich dort habe, und um die erkrankte Ilse Seilern zu besuchen. Auf dem Weg zu ihr betrat ich einen Blumenladen. Dort waren schöne Rosen, sie waren nicht scheintot, aber nur wie ferne Verwandte gemahnten sie an die Rose, wie sie gedacht und geschaffen war. Doch ich würde keine bessern finden; so wählte ich aus ihnen und ließ sie binden. Da sah ich in der Ecke hinter dem

Schaufenster, ganz allein für sich stehend, ihre Blätter wie ein Baum ausbreitend, eine mächtige Lilie. Ich eilte auf sie zu. Sie strahlte einen geradezu betäubenden Duft aus. »Geben Sie mir diese Lilie«, rief ich. »Die Rosen wollen Sie nicht?« – »Nein«, sagte ich, »ich will diese Lilie.« Und wieder war ich des Lobes voll, und wieder nahm die Verkäuferin es freundlich, aber ohne ein Wort hin. Die Lilie war schwer wie ein Blumenstock. Ich war so entzückt und Ilse Seilern auch, daß sie meine Lilie auf einen Stuhl stellen ließ, neben dem ich saß, und uns zusammen photographierte.

Als ich nach München kam, standen die Pfingstrosen unbeschädigt oder in vollem Streik. Wir waren ihnen dankbar dafür. Welch Chaos ist über die Blumen hereingebrochen? Wer vollzieht diesen Eingriff, wer produziert den diabolischen Extrakt, der ihr Wesen abtötet? Wer trägt die Schuld?

Musik

Das Volk der Dichter und Denker hat nichts zu lachen; schlimm genug wird vielfach mit seiner Sprache verfahren. Auch die Musik war bei ihm zu Haus. Hierin aber ist Schreckliches geschehen.

Die Katastrophe setzte ein gegen Ende des ersten Weltkrieges. Was sich damals bei uns und unseren Nachbarländern einpflanzte, war nicht einheimischer Natur: es war ein Etwas, das aus der wildesten Ecke des Erdballes bis zu uns gelangen konnte. Es kam die Gnadenfrist der zwanziger Jahre, aber dann brach das Dritte Reich aus und als sein Trabant der zweite Weltkrieg. In seinem Gefolge intensivierte sich der Verfall der Musik. Es schoß

empor, und hört, wie es sich heute behauptet: ein Klimbim, ein Dingeldangel, eine Dudelei; Mißtöne aus jeder Schenke, jedem Bistro, jedem Drugstore – von Mitternacht bis zum frühen Morgen. ›Heitere Klänge‹ ohne Unterlaß, Unmusik, als gäbe es eine Musik ohne Pausen! Als kürzlich Proteste bei einer leitenden Stelle einliefen, kam der Bescheid: Man müsse Leuten, die schon am frühen Morgen zu ihrer Arbeit gehen, die entsprechende ›Anregung‹ bieten. Schlechtes Zeug also für Ungebildete. Dies in einer hochzivilisierten Nation! Welche Unterschätzung ihrer Masse! Unvergeßlich das junge Stubenmädchen in einem Hotel, vor einer Türe stehend, den Besen in der Hand. Was ging in dem Zimmer vor, das es nicht zu betreten wagte? Es war Backhaus, der sein Programm für den nächsten Abend durchspielte! Wer hierzulande sich an die Unmusik, die heute überhandgenommen hat, gewöhnt, oder wem sie behagt, wird vergröbern – aber mitnichten dürfte gesagt werden, daß er für wahre Musik nicht empfindsam gewesen wäre. Aber sie wird ihm nicht geboten.
Und der Rundfunk? Seine Rolle auf dieser Welt ist so groß, so vielfach, daß wir uns hier nicht in die Weite verlieren wollen, sondern nur eine so bedeutende Seite wie die caritative hervorheben. Den armen, einsamen Kranken bringt er mit guten Reden, interessanten Ansprachen und Vorträgen Abwechslung und Trost. Ist er musikalisch und liegt eine bange Nacht hinter ihm, so wird er nach jener herrlichen Kantate von Bach lechzen, die es zur Zeit in so schöner Besetzung gibt. Sie steht gerade auf dem Programm – doch da drängt sich statt ihrer die Reklame vor, um mit entsprechender Melodik die Vorzüge eines ausgezeichneten Kaffees zu rühmen, der noch dazu sehr preiswert ist. Eine zweite Firma weiß von einem

noch besseren Kaffee, auch er erstaunlich billig. Aber der allerbekömmlichste Kaffee will sich ja auch noch melden: sein Aroma ist phänomenal. Dabei vergeht viel Zeit, aber ungeduldig wartet die Kosmetik mit gereimtem Singsang, und vielversprechend wie die Büchse der Pandora, nur daß sie sich nicht öffnet, kündet sie die neuesten Schönheitsmittel und alle Düfte des Orients an, und es folgt der inständige Rat, sich die Sachen baldigst zu erstehen, denn so wenig teuer wie diese Kostbarkeiten noch sind, können sie unmöglich bleiben. Die wundervolle Kantate läßt sich nicht hören – es kommen statt dessen die Herrenkleider! Ihre Hersteller wollen nicht mehr hinter der Haute Couture zurückstehen und nun sammeln sich die Fremdwörter zuhauf: der ›Paletot von Qualität‹, das ›Complet‹, das ›Ensemble‹ im dezenten Grau als dernier cri des deutschen Modejargons!

Und die Musik? Wir wiesen schon darauf hin, daß hier etwas nicht geheuer ist. Sie liegt nicht mehr in der Luft. Wir schreiben den Winter 1962/63 in München. Nach wie vor gibt es herrliche Konzerte. Im vergangenen Herbst stieg eine pietätvolle, schöne Aufführung des ›Parsifal‹ im Prinzregenten-Theater und ein beglückender Akt des ›Figaro‹ als Gala-Vorstellung im Cuvilliés-Theater zu Ehren des Generals de Gaulle während seines Besuches in München. Es mehren sich auch die Festspiele und die Festivals. – Aber da hapert es manchmal an der Regie. Kam es nicht schon vor, daß eine Brangäne die Isolde übersingt und ein viel zu ordinärer Leporello in einer ›Don-Giovanni‹-Aufführung den Vordergrund behält?

Verschwindend wird die Zahl derer, die noch wissen, wie glücklich die Menschheit war zu Anfang des Jahrhunderts. Die hinreißendste Militärmusik besaß München mit dem Leibregiment. Wenn es aufzog vor der Feldherrnhalle, folgte man ihr in Scharen nach, hielt Schritt mit ihr, solange es ging, und alle Fenster waren offen. Die Musik lag in der Luft. Wer dachte an Krieg?

Nicht nur die Metropolen, auch in den mittleren und kleinen Städten und Residenzen, in Wiesbaden und Winterthur, wetteiferten die Orchester. In Paris, in der Nähe der Madeleine, war die Stelle, wo – mehr Palast als Café – täglich wunderschöne Musik erklang; sie feierte auch auf den großen Boulevards – war es das Café de la Paix? Ich kam damals noch nicht so oft nach Paris.

Und München? In München gab es das berühmte Café Fahrig am Karlstor. Nicht elegant, stets überfüllt, aber es spielte ein grandioses Orchester. Keinen späten Beethoven, jedoch seine Ouvertüren und Konzerte, Mozart, Carl Maria von Weber; anheimelnd floß die ›Moldau‹ dahin, beseelt zogen Haydns ›Jahreszeiten‹ vorbei. Und hier war ein winziges Tischchen hinter einer Säule, nur für eine Person; und diese Person war ich. Pünktlich wie ein Beamter fand ich mich Tag für Tag dort ein, setzte mich hin und schrieb ungestört. Ich hielt es für eine famose Entdeckung, daß, wer selbst niemand sieht, auch nicht gesehen wird, und täuschte mich nur ein einziges Mal: plötzlich erschien da eines Nachmittags Adolf Hildebrand und kam auf mich zu. Sehr überrascht stand ich auf: »Aber, Herr Professor, was tun denn Sie hier?« Er lachte: »Es ist also wirklich wahr, daß Sie immer hier stecken?« – »O ja – und jetzt müssen Sie eine Melange bei mir nehmen!« Ein Stuhl und ein Glas waren gleich bei der Hand, er hörte auch eine Weile zu und sagte zum Schluß: »Vollkommen recht haben Sie, hier können Sie arbeiten; besser als an irgendeinem anderen Ort.« – »Ja, hier bin ich gut aufgehoben, hier kann mir keiner, bei dieser Musik, diesem Solisten.« Ich konnte ihm nicht sagen, mit welcher Not ich in meinem Zimmer mich um eine Wendung oder einen Einfall bemühte und wieviel ich dieser trefflichen Harfenistin da drüben zu verdanken hatte. – Die Unterbrechung durch Hildebrand war fürwahr keine Störung gewesen, und die Bestätigung war eine große Freude. Wie sehr bedurfte ich ihrer!

Die Jugend von damals huldigte nicht dem Winter-, sondern dem Sommersport. Sie bestieg die Berge bis hinauf zur Spitze oder lief, noch schöner, die Kanten entlang, ruhte sich vor Almhütten aus und schaute hinab in die Täler. Doch als eines späten Herbst- oder frühen Vorfrühlingstages eine Einladung vom Leibregiment – dem der Münchner Feldherrnhalle – zu einem Ball im Hotel Bayerischer Hof erging, legten sie flugs die Rucksäcke ab und sehr städtisch angetan betraten sie den Saal: die schönsten Mädchen von München in Seide und Atlasschuhen, Damen in ihrem Geschmeide, hohe Offiziere mit Orden, ein Leutnant schmucker als der andere. Für das Orchester war nicht auf der Galerie, sondern auf halber Höhe eine Estrade errichtet. Wie es kam, daß auch ich mich in diesem Getriebe befand? Es ist zu lange her, ich habe es vergessen. Nur das Erlebnis ohne jedes Drum und Dran, das mir dort zuteil wurde, weiß ich noch. Lichtete es sich schon zwischen den Paaren? War die Nacht schon weit vorgeschritten? Ich stand, den Fächer in der Hand, aber noch ohne Uhr, denkbar schüchtern da, als ein farbloser junger Mann sehr gelassen auf mich zukam. »Gartmeier«, sagte er, und bot mir den Arm. Aber welch ein Meister war mir da beschieden! Wie leicht sein Griff, wie sicher sein Halt – welches Fest, mit ihm zu tanzen! Zuerst der Estrade zu und an ihr vorbei, wo man ihn von halber Höhe her grüßte und mit verstärktem Animo eingriff. Was jetzt kam, war wie ein Traum. Nicht

um eine Pause, sondern um den Aufbruch ging es, und der Saal leerte sich. Aber das Leibregiment hielt nicht inne. Wie kam es nur? Wie war es möglich? Es war ja der Gastgeber, konnte also tun, was ihm beliebte. Ein Walzer fügte sich an den anderen. Wir tanzten dahin, allein von dieser Musik getragen – eins mit ihr.
Ich aber empfand, im Bewußtsein der Einmaligkeit des beglückenden Vorgangs, die Weite und Leere des Raumes wie die eines Tempels. Ein Vortempel war es nur.

Die hohe und große Musik gab es im Odeon mit seiner idealen Akustik, im alten Residenz-Theater und im neuen Prinzregenten-Theater. – Richard Wagner hatte den Deutschen Glück gebracht. Er schuf die Zunft der großen Dirigenten, die nicht vor ihm existierte. Aber wer interessierte sich eigentlich für den Menschen Wagner, sein Leben, sein Tun, seine Schicksale? Wer hat gelesen, was er u. a. über Mozart, Beethoven, Berlioz geschrieben hat, sein Entzücken über den ›Freischütz‹ usw.? Wer kennt seine Bücher ›Die Kunst des Dirigierens‹, ›Kunst und Religion‹, seine ›Definition des Wunders‹, die Tiefe, den Reichtum seiner Gedanken? Was aber an diesen Büchern so beunruhigt, so unheimlich berührt und so befremdet, ist seine merkwürdige Angst vor der Barbarei, die er kommen sieht. Immer wieder dieses Wort: Barbarei. Er lebte die letzten Jahre nicht mehr in Deutschland, sondern fern von seinen eigenen Werken in Italien. Wer hat den Menschen Wagner gekannt? Die Zeitgenossen, die ihm wirklich nahekamen oder -standen, liebten und verehrten ihn, aber was sie aussagten, setzte sich nicht durch – merkwürdigerweise besorgten die Spießer seinen Nachruf. Und wie hätte ein Spießer ihn erkennen können? Sie waren natürlich seine geborenen Widersacher. Zutiefst erkannt, ganz durchschaut hat ihn nur König Ludwig II., Wagners größte Liebe. Beide waren Leuchten des 19. Jahrhunderts, das sie nicht überlebten.

München war das Reiseziel der musikalischen Welt. Bei Hermann Levi, dessen Laufbahn durch die Jahre und Krankheit ein verfrühtes Ende fand, konnten Höhepunkte sich überbieten, sowohl in der Oper wie im Konzertsaal. Hier wie dort war Mottls Linie und Hingabe vollendet. Unvergeßlich waren die Festspiele im Prinzregenten-Theater, die Bayreuth in den Schatten stellten und die schon am Nachmittag begannen. Unerreicht die ›Isolde‹ der Zdenka Fassbender. Während der Zwischenakte tagte es noch. Das Publikum, das sich im anliegenden Park erging, bot einen kurzweiligen Anblick: die dekorativsten Männer der Epoche; intakt war noch das Sirenengesicht der Königin von Rumänien; die junge Königin der Belgier war die Anmut in Person. An eine Säule gelehnt unterhielt sich die Gräfin Greffuhle, die Heldin aus dem Roman Marcel Prousts, lässig und ohne Pose, dennoch als gehöre ihr die Welt. Aber ein Signal aus dem Theater, und man vergaß alles und war nur bedacht, seinen Platz zu erreichen, um ja keine Note des nächsten Aktes zu versäumen.
»Give me the Germans, they are the first people in the world«, sagte mir damals Lady Cunard. Sie wählte, um über See zu fahren, nur deutsche Dampfschiffe, weil sie die weitaus besten Kapellen an Bord hatten.
Deutschland stand in seinem Zenit. Und in dieser selben Zeit wollte es das Unglück, daß sich im Norden eine Partei immer stärker durchsetzte, deren Parole es war, Deutschland hätte nicht seinen Platz an der Sonne, und man müsse ihm diesen verschaffen. Wir wissen, wohin es führte.
Es näherte sich das finstere Jahr 1914.

Walther Rathenau hatte in der Zensur zu entscheiden. Meine ›Briefe einer Deutsch-Französin‹ durften mit einigen Kürzungen erscheinen und durch ihn wurde mir 1917 die Reise in die neutrale Schweiz ermöglicht.
Nach dem Krieg, nach den finsteren Ausläufern hier wie dort, sah sich München, wo der Krieg sicher nicht angezettelt wurde, durch den Friedensvertrag tiefer getroffen als Berlin. Es hatte an seiner politischen Bedeutung verloren. Nach Berlin verlegten sich die Interessen und die Politik. Die Frankfurter Zeitung und auch das Berliner Tageblatt unter Theodor Wolff wurden Weltblätter. Die Theater blühten auf unter dem genialen Max Reinhardt.
Ferrucio Busoni war ein Zentrum. Er hatte den Krieg in Zürich verbracht und war nach Berlin zurückgekehrt: der erste Pianist seiner Tage, ein Bild, wenn er spielte, ein Pianist implicite. Ohne Affinitäten mit Richard Wagner, war er vielleicht gerade nach dessen Sinn, indem er seinem Rufe ›Schafft Neues‹ immer folgte: in seinem ›Turandot‹, seinem ›Arlecchino‹, seinen erstaunlichen Klavierkompositionen und Transpositionen. Von seinem ›Faust‹ konnte man damals nur Bruchstücke hören, aber die Reinheit und die Noblesse seiner Umrisse kündeten ihn ganz. Armer Busoni! Er konnte ihn nicht vollenden. Er starb im Jahre 1924.
Wir waren eine kleine Gruppe in Bern, die nicht recht wußte, wohin. Meine Rückkehr nach München ging nicht so ohne weiteres vonstatten: meine Eltern waren tot, und der Hausherr glaubte es seinem Patriotismus schuldig zu sein, daß er mich nicht meine Wohnung beziehen ließ. Manche Ungeschulte hatten sich fortreißen lassen

und die Dinge zu wörtlich genommen, so daß die Berliner sie spöttisch die ›Südpreußen‹ nannten.
Indes, die Weimarer Republik war uns wohlgesinnt; sie gewährte uns Kredite, und wir gründeten oberhalb von Badenweiler, dreißig Kilometer von Basel und ebenso nahe an Frankreich, eine kleine Kolonie. Dort errichtete der begabte Architekt Schmitthenner für René Schickele und seine Familie ein langgestrecktes Bungalow und zwei kleine Häuschen für den elsässischen Maler Emil Brischle und für mich. Auch dem verarmten und erkrankten Sohn des Reichskanzlers Hohenlohe, der von Zürich nach Badenweiler gezogen war, war ein Terrain zugedacht. Aber leider starb er.
Freunde kamen und gingen: Benno Reifenberg, Kasimir Edschmid, Wilhelm Hausenstein. Von der Regierung besuchten hin und wieder Hilferding und Brüning Badenweiler und berieten sich gerne mit René Schickele. Wir fühlten uns heimisch, waren sehr fleißig und lebten in guter Nachbarschaft. Von unseren Häusern aus erlebten wir die wunderbarsten Sonnenuntergänge, die wir je gesehen hatten. Nicht, daß man die schreckliche Vergangenheit vergaß, aber hier wie überall wollten die Menschen sich wieder freuen, wieder hoffen. Der Völkerbund schien eine Garantie des Friedens. War es nicht ein unheimliches Omen, daß Menschen wie Briand, Stresemann, Lyautey, Rilke, Hofmannsthal, Busoni nicht mehr erlebten, was wir erfuhren?
Allein, es war keine Zeit, es war eine trügerische Zwischenzeit. Was sich bereitete, war eine Hölle in Deutschland. Es war das rätselhafteste Geschehen, das die christliche Welt jemals überkam.
Wenn man die Bilder genau betrachtet, die von Hitler unversehens und nicht retuschiert entstanden, zeigt sich,

daß er in Wahrheit weder die Augen noch die Nase, noch den Mund, noch die Stimme eines Menschen hatte, und auch der Bau eines Menschen war nicht so gedacht. Wir wissen, wie hoch sich einer aus Elend und Niedrigkeit zu Würde und Ansehen emporbringen kann, denn jede menschliche Schicht hat ihre Elite; aber mit seiner niedrigen Herkunft war dieser da mit jeder Faser seines Wesens so identisch und dabei ein wahres Phänomen der Täuschungskunst. Nur so ist das Unverständliche erklärlich, daß er zu einer Macht ohnegleichen heranwachsen konnte. Niemand glaubte in Deutschland, daß er sich halten würde, jedoch waren seine grausamen Unterdrückungsmittel schon so parat, daß unsereiner sich sofort bedroht wußte.

Wir lebten nunmehr in Frankreich, teils in Paris, teils im Süden. Für Frankreich und die Welt ging die trügerische Zeit noch weiter, fünf Jahre lang. Ein Höhepunkt war in Paris 1937 die strahlend-schöne Weltausstellung. Wetteifernde Architektur, herrliche Lichteffekte. In jenen hellen Nächten lagerte an den Ufern der Seine bis auf die Brücken der Stadt ein reifes, ein friedliebendes Volk, während in Deutschland die grauenvollen Konzentrationslager, über hundert an der Zahl, entstanden waren und diejenigen, die aus den Gefängnissen herauskommen konnten, berichteten aus gewichtigen Gründen nichts von ihren Erfahrungen. Die Olympiade war noch ein wohlberechneter, internationaler Triumph für Hitler. Seine Macht stieg.

Und die Musik? Bereits Jahre vor dem Anschluß hatte sie ihre Zuflucht nach Salzburg genommen; über die Schweiz konnte man von Frankreich aus hinkommen. Auch das gehörte noch, bis zum Anschluß, zu der trügerischen Zeit.

Sehr graditim hatte sich der Himmel verfinstert. Der Krieg brach aus. Die Entrüstung, die Bitterkeit, die Enttäuschung war so groß in der Welt, daß jetzt der Haß auf Hitler sich auch auf die Deutschen übertrug. Von Tag zu Tag stieg der Haß, auch in Amerika, wohin wir aus dem besetzten Frankreich fliehen mußten. Nach einer Vorstellung sah ich eine Dame im lila Abendkleid auf die Bühne treten, die ihr Wissen über die ›Germans‹ zum besten gab: ›It may be that five or six are exceptions‹, und sie hob die Hand und spreizte fünf Finger. Die lila Dame verrechnete sich. Wir Emigranten, waren es doch in den letzten Jahren mehr geworden, wußten es besser. Vor allem die zuletzt Entronnenen konnten von den grauenvollen Zuständen, den Verbrechen in Deutschland berichten. Wir hatten nie daran gezweifelt, daß von Anfang an ein heldenhafter Widerstand im Norden wie im Süden von Deutschland vorhanden war, der, ohne Aussicht auf Sieg, nur den Sturz Hitlers zum Ziele hatte. Die Rufe der Widerstandskämpfer ins Ausland wurden ignoriert. England erwiderte ihnen ›We don't deal with betrayers.‹ Die Erbitterung, der Haß waren so groß, daß man den Krieg bis zum Äußersten weiterführte, obwohl er längst gewonnen war.

Nach dem Zweiten Weltkrieg

Die Emigranten, die dann nach Deutschland kamen, um ihre Freunde zu suchen, hatten das Chaos vor sich: zerstörte Städte, viele Tausende unter den Trümmern, Konzentrationslager, die von den Siegern geöffnet wurden. Die Wahrheit, die grausame Wahrheit trat zutage. Von den Schuldigen hatten sich soundsoviele rechtzeitig davonmachen können. Keiner von ihnen wollte es gewesen sein.

Und da entstand den Deutschen in dieser ihrer Lage eines geschlagenen, ja rechtlos gewordenen Volkes ein Staatsmann, der sie innerhalb von zehn Jahren aus dem Sumpf und Abgrund ans Licht zog; der größte Staatsmann, den Deutschland je hatte, von einer Ausstrahlung ohnegleichen, international anerkannt, der sich von der deutschen Geschichte als ihr Retter abheben wird: der eminente Konrad Adenauer.

Die Emigranten aber, die nach Deutschland zurückkamen, waren – ich wiederhole es – erstaunt, bestürzt, empört und besorgt, daß seine Anerkennung in der eigenen Heimat nicht größer war, und der Dank so gering.

Hatten sich die Deutschen verändert, waren sie anders geworden? Das Volk mitnichten.

Wir schreiben diese Zeilen in München im Jahre 1962/63. Das bayrische Volk ist wieder, wie es war: friedliebend und ohne Haß für andere Völker. Und wie hatten die Bayern ihre alte Anhänglichkeit beim Tode des Kronprinzen Rupprecht an den Tag gelegt, wie einen König ihn betrauert – nur, weil er wirklich einer gewesen wäre. Wie hat es die von der Bonner Regierung zustandegebrachte deutsch-französische Versöhnung und Verständigung von Herzen aufgenommen! Wie spontan empfing es General de Gaulle bei seiner Ankunft und bei seinem Einzug in München! In großen Scharen folgte es ihm auf seinem Weg zur Residenz, immer mit dem Ruf »Vive de Gaulle!« – diese guten Bayern, von denen die wenigsten ein Wort Französisch lernen durften, – eine unkollegiale atrocité seitens gewisser Sieger am Schluß des Ersten Weltkrieges.

Jedoch, eine Ära wie die Hitlersche, dieser Spuk, auf den die halbe Welt hereingefallen war, konnte nicht spurlos untergehen. Sein Gepräge reichte zwar über die Grenzen hinaus, aber sein Vermächtnis wirkt sich natürlich am hektischsten aus in dem Land, wo er und seine Konsorten dreizehn Jahre lang wüteten. Wie wären nicht Neid, Mißgunst, schierer Undank, Bosheit, Geldgier im ungewohnten Maße die Hinterlassenschaft einer so unmenschlichen Epoche, die mit solcher Macht bestehen und sich behaupten durfte. Wie nie zuvor schwelen sie im Parteigeist, wie nie zuvor sehen wir die Anbetung des Goldenen Kalbes so im vollen Schwung. Die Welt wurde auf den Kopf gestellt, es war gar nicht so schwer. Man bedachte dabei nicht die Windungen der neu eingeschlagenen Wege, und daß sie nicht nur rund war, sondern auch sich drehte, diese Welt! Die meisten Monarchen wurden abgeschafft, und statt ihrer wurde der Reichtum auf den Thron gesetzt. Er hat die Macht, und die Reichen sowie die sich Bereichernden, gebildet oder nicht, sind heute sein Hofstaat. Nach Belieben kann er den Anstreicher oder Maurer auf Stundenlohn beschäftigen. Dieser wird seiner Tage froh. Bald, oh bald schwebt ihm der in der Tat so begehrenswerte Volkswagen vor, als dessen Herr er über Stadt und Land einer Autostraße zusausen kann.

Schlecht geht es heute den Leuten von der Feder, es ist bekannt. Seht den geistigen Arbeiter, versunken in ein Buch oder um einen Beitrag bemüht für eine Zeitschrift. Liest er sich gedruckt, so sieht er hier ein Wort, dort einen halben Satz, ja hier seine Schlußzeilen ganz weggelassen zugunsten einer Anzeige oder einer Reklame. Empört findet er seinen Stil, seinen Tonfall nicht wieder. Hat er durch Preise oder sonstwie einen Namen, so wird dieser hergenommen und ad libitum benützt! Neulich mußte ich lesen, ich sei die zweite Frau René Schickeles gewesen. Da setzte ich aber meinen Sturmhut auf, fuhr zur ersten Frau Schickeles und fragte sie: »Was sagst Du zu diesem Klatsch? Wie wär' es, wenn wir uns zusammen photographieren ließen?« Und so begab es sich.

Aber nur selten können wir uns wehren. Als nach dem großen Stück ›Der Nachfolger‹ das große Machwerk ›Der Stellvertreter‹ erschien, stand unter den Einführungen ein falsches Zitat von mir. Vor vielen Jahrzehnten entfiel mir, weil Pius XII. eine so dekorative und schöne Erscheinung war, die profane Bemerkung: er sei die Duse der Klerisei. Das falsche Zitat »Die Duse der Kardinäle« aber war ein Angriff, der mir denkbar ferne lag und viele Insulten eintrug.

Verweilen wir noch bei den Leuten von der Feder und fragen wir: wann wird einer von den unseren in einem kleinen Auto unser schönes Bayerland, seine Gebirgswelt, kreuz und quer befahren und sich weiden an den verstreuten Kapellen, den Kirchen, den Fassaden, den Schildern, den Wirtshäusern, den Gärten? Wir sind ohnedies keine bevorteilte Kaste.

Werfen wir einen Blick auf Irland. Die Irländer sind nicht dümmer als die anderen Völker, im Gegenteil, sie sind keine Besserwisser. Sie glauben an Wesen unter verschiedenen Bezeichnungen, die wir Kobolde nennen. Ihr Element ist die Unordnung.

Von diesen Wesen weiß leider auch ich. Sie sind eine Quälerei am laufenden Band. Ich stehe vor einem gut aufgeräumten Schreibtisch wie vor einer schönen Landschaft: sie wird zu einem Wirrwarr, sobald ich mich in

ihr aufhalte. Ich hasse die Unordnung, sie folgt mir auf dem Fuß.
Hier muß ich eine kleine, traurige Geschichte einflechten: Wie Viele, beantworte ich nicht alle Briefe. Ich erhielt einen vor ungefähr fünf bis sechs Jahren. In der kurzen Unterschrift, die ich nicht ganz entziffern konnte, war ein E, N, S oder Z, das ist alles, was ich weiß. Der Brief aber war derart schön, daß ich mir dachte: auf *den* antworte ich. Ich legte ihn auf die Seite, er verschwand. Eines Tages fand ich ihn und legte ihn gut auf die Seite. Schon war er weg. Es war nur ein Blatt! Wieder vergingen Jahre, ich suchte vergebens. Ich fand den Brief und nahm mir vor, ihn jetzt jemandem zu zeigen. Ich verlor ihn wieder. Jetzt weiß ich nicht, ob ich ihn jemals finden werde, aber er war so schön, daß ich ihn nicht vergesse. Wenn der junge Mann, der diesen Brief geschrieben hat, dies liest, so wird er sich erkennen; denn man schreibt nicht, ohne es zu wissen, einen Brief von Wert.

Es ist nicht, als würde sie über uns verhängt, sondern als bereite sich etwas wie eine trockene Sintflut. Nicht nur die Könige hat man abgesetzt, man ist auch im Begriff, die Familie abzuschaffen. Seht den jungen Ehemann, seht den Bräutigam, seht die Braut: sie halten Hochzeit, und dann geht jeder wieder seiner Wege um des Geldes willen. Sie haben ein Kind, es kommt zur Kindergärtnerin. Ich möchte sie lieber nicht kennenlernen, diese phantasielose Person! Sie glaubt sich befugt, Vater, Mutter, Geschwister, die Familie ersetzen zu können. So wächst heute eine Jugend herauf in dieser verhäßlichten, seelisch verarmten Welt.
Nur allmählich, ja in mancher Hinsicht langsam, kam sie zum Ausdruck. Eine Vergröberung und Verhäßlichung

des Lebens. Die Architektur, für welche die Dichter das Wort ›gefrorene Musik‹ gefunden hatten, ist heute jeder Ästhetik bar. Der Zweite Weltkrieg gab ihr den Rest: Scheiben statt Fenster, von schönen Türen, schönen Treppen, schönen Geländern keine Spur. Wann wird man das Odeon wieder aufbauen, statt Konzerthallen wieder Konzertsäle haben? Wann wird man sie niederreißen, die Säulen des Hauses der Kunst, die täglich die noble Fassade des Prinz-Carl-Palais überschreien? Vergleicht die heutigen so kunstlosen Schilder und Plakate mit den früheren!

Und die Musik? Ihren Verfall haben wir bereits am Anfang erwähnt. Die Caféhäuser sind verstummt, sogar in Wien, sogar in Wien, diesem Hort. Und die große Musik? Es gibt sie nur für reiche Leute. Die Festspiele? Es hapert manchmal; die Übertragungen, besonders die orchestralen, sind nicht immer tadellos, und man ist sogar bei den Platten nicht immer sicher, wohin die Musik, die ohne Dach und Fach ist, sich für die Musikliebhaber heute flüchtet. Die Unmusik, Musikboxen und dergleichen sollten verboten, zurück in ihre Wildnis gewiesen werden.

Es gibt, bei einer gewissen Zerrissenheit, Herrliches von Bartók. Von Orff hat man schon lange nichts mehr gehört. In der Neuen Musik bereitet sich hin und wieder ein schönes Zusammenklingen: Ist es eine Hoffnung? Mittlerweile konnte man sich hier im Frühjahr an einer schönen, würdigen und pietätvollen Aufführung des ›Parsifal‹ erfreuen.

Hier wie allerorts, sagten wir zu Anfang dieser Zeitbilder, gibt es in allen Schichten der menschlichen Gesellschaft zartbesaitete, feinfühlende, geistige, gütige, ja hochstehende Menschen. Welche Genugtuung war für sie im so schwer getroffenen und prädestinierten München der Eucharistische Kongreß, der, lange bedacht und vorbereitet, Gleichgesinnte einlud, sich eine Woche lang zu gesellen, eine Masse zu bilden. Mehr als eine Million folgte dem Ruf. Am achten Tag, bevor sie auseinandergingen, wurde an erhöhter Stelle, mitten in der verstummten Oktoberwiese, ein feierliches Hochamt gehalten.

Wird vielleicht morgen das Ereignis vertuscht und vergessen werden? Über alle Wirrsal weit hinaus war es das Präludium einer besseren, schöneren und anderen Welt. War es der Inbegriff jener Abschiedsworte: »Ich komme bald«?

INHALT